Pierdomenico Baccalario
Dem Leben entgegen

cbj

DER AUTOR

Pierdomenico Baccalario wurde 1974 in Acqui Terme, Italien, geboren. Schon früh begeisterte er sich fürs Lesen und durchstöberte die riesige Bibliothek seiner Familie nach abenteuerlichen Geschichten. Er studierte zunächst Jura, bevor er sich dem Journalismus und dem Schreiben von Büchern zuwandte, die in über 25 Sprachen übersetzt wurden.

Hazrat Safari wurde vor zwanzig Jahren in Afghanistan geboren. Ursprünglich hatte er einen anderen Namen, aber dieser hat ihn auf seiner Reise begleitet. Und er hat ihn zu einem freien Menschen gemacht.

Weitere lieferbare Titel von Pierdomenico Baccalario bei cbj:

Ulysses Moore – Die Tür zur Zeit (28014)
Ulysses Moore – Die Kammer der Pharaonen (28015)
Ulysses Moore – Das Haus der Spiegel (28022)
Ulysses Moore – Die steinernen Wächter (28034)
Ulysses Moore – Der erste Schlüssel (22386)

Pierdomenico Baccalario

Dem Leben entgegen

Aus dem Italienischen
von Barbara Neeb
und Katharina Schmidt

cbj

cbj

Kinder- und Jugendbuchverlag
in der Verlagsgruppe Random House

MIX
Papier aus verantwortungsvollen Quellen
FSC® C014496

Verlagsgruppe Random House FSC®-N001967
Das für dieses Buch verwendete
FSC®-zertifizierte Papier *Pamo House*
liefert Arctic Paper Mochenwangen GmbH.

1. Auflage
Deutsche Erstausgabe Juli 2015

Die Originalausgabe erschien 2014 unter dem Titel
»Tutti I Giorni Sono Dispari« bei
Sperling & Kupfer Editori S.p.A.

Übersetzung: Barbara Neeb, Katharina Schmidt
Lektorat: Christina Neiske
Umschlagbild: Plainpicture/Magnum,
the plainpicture edit/Thomas Dworzak
Umschlaggestaltung: init|Kommunikationsdesign, Bad Oeynhausen
kg · Herstellung: ReD
Satz: KompetenzCenter, Mönchengladbach
Druck und Bindung: GGP Media GmbH, Pößneck
ISBN: 978-3-570-40290-0
Printed in Germany

www.cbj-verlag.de

1

Ich

SEIN WAHRER Name lautete eigentlich nicht Hazrat Safari, sein Vater hatte ihm einen anderen gegeben. Er wusste nicht, dass er in Afghanistan geboren war. Und er hatte keinerlei Vorstellung davon, was vor ihm gewesen sein könnte oder was danach sein würde.

Ein Tag war wie der andere. In seiner Welt herrschte ein Geruch vor: der strenge Geruch des Krieges. Wenn der näher kam, schien alles um Hazrat herum loszurennen. Und wenn er sich wieder verzog, blieb die Welt stehen und wurde zu einem großen, ruhigen See.

Sehr bald würde auch Hazrat zu laufen beginnen.

Und gleich darauf würde er rennen müssen.

2

Mein Vater

Pawam Bar Kuol hatte nur ein einziges Paar Schuhe und außerdem zehn Töchter, die er seine »Ärgernisse« nannte. Was in aller Welt sollte er bloß mit all diesen Töchtern anfangen? Sie waren nur lästig und eine finanzielle Bürde.

»Aber du hast doch auch einen prächtigen Jungen«, sagte ihm seine Frau ständig und zeigte auf den kleinen Karim, der im Garten spielte. »Dein Name und der Fortbestand deiner Familie sind gesichert.«

»Name und Fortbestand der Familie!«, schnaubte Pawam verächtlich. Was wusste seine Frau schon davon? In ein paar Jahren würde Karim Soldat werden, irgendjemand würde ihm ein Gewehr in die Hand drücken und ihn zwingen, irgendwo in einer fernen Stadt zu kämpfen, und wer weiß, wie das dann endete. Von wegen gesicherter Fortbestand der Familie!

Pawam Bar Kuol hatte nur ein Paar Schuhe, da es ihm sinnlos vorkam, mehr zu besitzen. Dabei ging es ihm eigentlich gut: Er besaß etwas Land, arbeitete in einer Metzgerei und war an einigen Bekleidungs- und Lebensmittelgeschäften beteiligt. Finanziell war er abgesichert.

Was ihm fehlte, waren Erben.

»Sieh lieber zu, dass du mir noch einen Sohn gebärst«, sagte er ständig zu seiner Frau. »Sonst ergeht es dir schlecht.«

Sie nickte stumm, und wenn sie allein war, weinte sie, doch die Tränen verdampften in der Hitze, während sie sich gebeugt durch die dunklen, morastigen Gassen vorwärtsschleppte. Sie war sehr erschöpft, und sie spürte, wie ihr Körper immer schwerer wurde. Es war auch für sie offensichtlich, dass sie sich nicht genügend anstrengte.

Und dass sie nicht von Gott gesegnet war.

Über all dies dachte Pawam nach, wenn er zu Hause war.

Und er dachte weiter darüber nach, wenn er bei der Arbeit war. Zwölf Stunden schuftete er jeden Tag, und wenn er nach Hause kam, fand er dort zehn Töchter vor und nur einen Sohn, der Soldat werden würde, und eine Frau, die immer dicker wurde, so dumm wie ein Bergochse war und so faul, dass sie sich nicht einmal mehr die Mühe machte, die Wohnung anständig zu putzen.

Das waren so viele Ärgernisse, dachte er bei sich, einfach zu viele Ärgernisse für einen einzelnen Mann.

Und so wurde Pawam schließlich wütend. Es war ein Tag wie viele andere auch. Er kam spät und müde nach Hause und musste feststellen, dass kein Essen auf dem Herd stand, der Tisch noch nicht gedeckt und die Küche nicht aufgeräumt war.

»Frau!«, schrie er. »Wo bist du, du dumme Kuh?«

Während er das brüllte, spürte er, dass ihm die Wut im Halse stecken blieb wie ein Hühnerknochen. Was hatte er, Pawam, bloß verbrochen, um ein solches Unglück zu verdienen?

Als er ins Schlafzimmer kam, sah er, dass seine Frau im Bett lag und schlief. Sie atmete schwer und hatte die Hände über ihren Schoß gelegt.

»Du *schläfst*?«, fragte er, außer sich vor Wut. »Du schläfst, anstatt das Abendessen zu machen?«

Seine Geduld war erschöpft, so wie die Flüssigkeit von einem Schmorbraten, der irgendwann anbrennt, wenn er wieder und wieder auf dem Herd aufkocht. Er packte seine Frau am Arm und weckte sie, indem er sie auf den Boden schleuderte.

»Dann wollen wir doch mal sehen, ob du immer noch schlafen willst!«

Und er versetzte ihr einen Tritt.

»Lässt du dich jetzt endlich dazu herab, mir ein Essen zu kochen?«

Und er trat sie noch einmal.

»Das wollen wir doch mal sehen!«

Erst dann hörte er auf. Auf dem Fußboden bildeten sich Blutflecke.

»Ihre Frau war schwanger«, erklärte der Dorfarzt sehr viel später kopfschüttelnd.

Das macht nichts, dachte Pawam, während er dennoch die Hände rang.

Bestimmt wäre es sowieso wieder eine Tochter geworden.

3

Meine Mutter

NUN STAND Pawam vor einer Entscheidung, der wichtigsten, vor der ein Mann wie er stehen konnte. Zwei Ärzte hatten seine Frau untersucht: der Dorfarzt, der zu ihm nach Hause gekommen war, gleich nachdem seine Frau aus dem Bett gestürzt war, und der andere, den Pawam eigens aus der Stadt geholt hatte. Dieser Arzt hatte kleine, müde Augen, so wie alle, die es gewohnt waren, zu viele Leute sterben zu sehen. Beide hatten ihm das Gleiche erklärt: Diese unglückliche Frau würde nie wieder Kinder gebären können.

Also musste sich Pawam entweder damit abfinden, dass er für alle Zeit ein Mann mit zehn Töchtern und nur einem Sohn sein würde. Oder er konnte wieder heiraten, in der Hoffnung, dass es mit der neuen Frau besser gehen würde als mit der alten. Aber sich neu zu verheiraten war nicht so einfach.

»Du bist verrückt, Pawam«, sagten seine Verwandten zu ihm. »Du hast doch schon elf Mäuler zu stopfen.«

»Aber ich habe nur einen Sohn«, antwortete er störrisch. »Und das ist mein einziges Problem.«

Dass die Verwandten ihm so von der Heirat abrieten, schmälerte seine Befürchtungen nicht, ganz im Gegenteil, ihre eifrigen Bemühungen waren wie Öl ins Feuer seiner Angst. Was, wenn Karim etwas zustieß, wenn er älter wurde – wer würde dann den Landbesitz der Familie und seine Geschäftsanteile erben? Was würde aus dem Namen von Pawam Bar Kuol?

Und jede dieser Fragen schürte seine Ängste noch.

Da er nicht mehr ganz jung war, entschloss sich Pawam, sein Vorhaben gründlich anzugehen. Er informierte seine engsten Freunde, sprach mit dem Besitzer der Metzgerei, in der er arbeitete, und verbreitete die Nachricht so, wie es ihm am besten schien: Pawam besaß vielleicht nur ein einziges Paar Schuhe, aber er hatte einen sicheren Arbeitsplatz, und er wollte sich neu verheiraten. Er suchte eine gute Frau. Eine Frau, die in der Lage sein würde, ihm viele Söhne zu schenken. Und wie zu erwarten war, dauerte es nicht lange, bis er die ersten Anfragen bekam. Pawam lächelte und musste an Geier denken. Denn Geier kreisen im großen Abstand zueinander, aber kaum stürzt sich einer von ihnen nach unten, kommen alle anderen hinzu, um ihren Hunger zu stillen.

Und genauso ist es mit den Frauen, dachte er.

Unter allen, die nun scharenweise auf ihn zukamen, war eine, die perfekt zu ihm zu passen schien. Sie hieß Kimkha, das bedeutete »Eine, die will«. Sie war die älteste Tochter einer angesehenen Familie, und auch wenn Pawam sie noch nie gesehen hatte, hatten ihm glaubwürdige Quellen versichert, dass sie wunderschöne Rehaugen und lange dunkle Haare hatte, die ihr bis zu den breiten Hüften reichten. Breite Hüften! Das war die Garantie, die ihn vor allem interessierte.

Und so beschloss er, dass Kimkha seine zweite Frau werden sollte. Er stellte sich ihrer Familie vor und bot eine seiner Töchter als Frau für den Bruder seiner zukünftigen Braut an. Die Sache wurde abgemacht.

»Pawam Bar Kuol ist verrückt geworden«, tuschelten dagegen die untröstlichen Verwandten untereinander, und viele von ihnen erschienen nicht einmal zu seiner Hochzeit. Andere besuchten ihn gar nicht mehr. Seine erste Frau kehrte zu ihren Eltern zurück, und für die anderen Leute im Dorf war es so, als wäre sie von ihnen gegangen.

Doch Pawam kümmerte das nicht: Kimkha war eine echte Schönheit und eine Frau, die wusste, wo ihr Platz war. Und weil nun alles so war, wie es sein sollte, wurde ihre Ehe durch zahlreiche Kinder, Söhne wie Töchter, gesegnet.

Unter ihnen war auch ein magerer kleiner Junge,

der so knochig war wie eine Bergziege. Er hatte von seiner Mutter die dunklen Augen und von seinem Vater die lederfarbene Haut geerbt.

Ein kleiner Junge namens Hazrat.

4

Die Mücke

ALS HAZRAT fünf war, hatte er drei Narben im Gesicht und eine kaputte Pistole.

An den drei Narben waren Mückenstiche schuld. Pawams Haus lag an einem kleinen See, dessen Wasser so klar war wie ein Fenster ohne Glasscheibe, und Hazrat verbrachte dort einen beträchtlichen Teil seiner Nachmittage. Als er eines Tages im Wasser stand, die Hand über die Augen gelegt, um sich gegen das Sonnenlicht zu schützen, und vom Grund des Sees Kiesel aufsammelte, die er dann über die Wasseroberfläche hüpfen lassen wollte, setzte sich eine dicke Mücke auf seine Wange und stach ihn mehrmals. So einen schlimmen Schmerz hatte Hazrat in seinem ganzen Leben nicht gespürt. Er fing an zu weinen, vergoss Tränen, die klarer waren als das Wasser des Sees, lief schnell los und flüchtete sich in die Arme seiner Mutter.

Kimkha wusste, dass der Stich dieser Mückenart schmerzhaft war und man daran sogar sterben konnte, deshalb nahm sie Salz und verteilte es über Hazrats Wunden. Das Salz brannte noch ärger als die Stiche selbst, woraufhin Hazrat noch heftiger weinte, doch Kimkha schalt ihn aus: »Du leidest jetzt, damit du in Zukunft nicht leiden musst. Erinnerst du dich an das Gesicht von Yasir, dem Entstellten? Der sieht so aus, weil er auf einen Mückenstich kein Salz tun wollte …«

Hazrat spürte, dass seine Wange so dick geworden war wie eine Melone, und er weinte immer noch, doch dann zwang er sich, die Zähne zusammenzubeißen und damit aufzuhören.

»Wird mein Gesicht auch so aussehen wie das von Yasir?«, fragte er seine Mutter verzweifelt.

»Vielleicht nicht, vielleicht wird nur eine kleine Narbe zurückbleiben«, antwortete Kimkha.

Doch dann brach seine Mutter plötzlich in Tränen aus, und Hazrat fragte sie, was sie denn auf einmal hätte. Darauf erklärte ihm Kimkha schluchzend, es sei ein böses Vorzeichen, wenn man von einer Mücke gestochen würde.

»Und was bedeutet das?«, fragte Hazrat

»Dass wir Böses anziehen«, antwortete Kimkha.

»Das ist nicht wahr!«, protestierte Hazrat empört, während das Salz weiter heftig in den Wunden brannte.

»Selbst wenn es so ist, werden wir uns dagegen schützen«, erklärte Kimkha.

In diesem Moment beschloss der Junge, dass er sich eine Pistole beschaffen würde. Er wusste, dass sein Vater Pawam keine Waffen im Haus hatte, doch ihm war auch bewusst, dass der Krieg überall um sie herum war, mochte es seinem Vater noch so sehr gegen den Strich gehen. Er durchkämmte alle Büsche und das Gestrüpp an den Ufern des Sees; und schließlich wurde seine Beharrlichkeit belohnt und er fand im hohen Gras einen alten Militärrevolver, den dort jemand weggeworfen hatte. Der war im Prinzip nur Schrott, eine kaputte Dienstwaffe von einem der tausend Soldaten, die durch das Tal gezogen waren, aber Hazrat fand, er sei genau richtig.

Er hob den Revolver auf, versteckte ihn rasch unter seinen Kleidern, und nachdem er den Rost entfernt hatte, fixierte er den gesprungenen Griff mit Klebeband.

Tagelang lief er durch die Straßen des Dorfes und sah sich alle zwischen den Steinen liegen gebliebenen Patronen an, bis er endlich ein Projektil fand, das noch nicht losgegangen war und in seinen Spielzeugrevolver passte. Er musste sich zurückhalten, dass er es nicht gleich abfeuerte, um seine Waffe auszuprobieren, denn er hatte ja nur diese eine Patrone, und die wollte er nicht verschwenden. Wenn sie losgehen würde, hätte er wieder keine Patrone gehabt, um das Böse von seiner Familie fernzuhalten.

Aber als eine seiner Stiefschwestern ihn mit dem Revolver spielen sah, schrie sie ihn an: »Hazrat! Was machst du da?«

Und sie versetzte ihm eine so schallende Ohrfeige, dass sie ihm einen Zahn ausschlug.

Auf diese Weise lernte der Junge, dass eine Waffe nicht ausreicht, um sich zu schützen, und Böses auch von einer Seite kommen kann, von der man es am wenigsten erwartet.

5

Mein Bruder Karim

DANK DER Hochzeit mit Kimkha mit den breiten Hüften war der Fortbestand von Pawam Bar Kuols Familie inzwischen gesichert, und sein Name war dazu bestimmt, die unvorhersehbaren Kapriolen der Zeit zu überdauern. Wie Pawam es sich schon gedacht hatte, war sein Erstgeborener Karim wirklich Soldat geworden und an die Front gegangen, aber entgegen seiner düsteren Prophezeiungen war der Sohn heil und gesund wiedergekehrt und würde nun nie wieder kämpfen müssen. Die zehn Töchter aus Pawams erster Ehe wurden allmählich älter, alt genug, um zu heiraten, und das taten sie dann auch, eine nach der anderen verließ das Haus, wie Granatäpfel, die vom Baum fallen, wenn sie reif sind.

Nun war Pawam Bar Kuol ein glücklicher Mensch, der sogar gelernt hatte, mit seinen Kindern zu spielen, und auf dem besten Weg, ein weiser alter Mann zu werden, der heiter und gelassen seinem Lebensabend entgegensieht. So kam es Hazrat vor – bis zu dem Tag, als sein Stiefbruder Karim, der Soldat, bei einem Besuch zu Hause verkündete, er wolle das Dorf verlassen und in der Stadt leben.

In Mazar-i-Sharif.

»Das ist die Höhe!«, fuhr Pawam auf. »Du bist Soldat gewesen, du bist heil und gesund nach Hause zurückgekehrt, du hast eine Frau und Kinder, dir gehört alles, was ich für dich angehäuft habe … und jetzt willst du weggehen?«

Doch Karim hatte genug von dem kleinen Dorf, in dem sie lebten, und behauptete, in der Stadt gäbe es viel mehr Möglichkeiten für ihn. Er sagte, die Zeiten hätten sich geändert, es sei nicht mehr wie früher. Da draußen gebe es nun eine andere Welt und er wolle versuchen, dazuzugehören. Doch das stimmte so nicht, denn eigentlich hatten sich nicht die Zeiten geändert, sondern Karim.

Karims Entschluss konnte Pawam so nicht hinnehmen: Zwischen einem Vater und seinem Sohn besteht eine innige Bindung, in der kein Platz für Veränderungen ist. Die Söhne erben allen Besitz, den der Vater im Laufe seines Lebens angehäuft hat. Doch im Gegenzug sind sie verpflichtet, ihm zu helfen und sich seinem Willen zu beugen, und das in Respekt und Liebe.

So war es seit jeher gewesen. Aus diesem Grund schrie Pawam seinen Sohn als Erstes an, er solle sich diese Gedanken aus dem Kopf schlagen, dann drohte er ihm und schließlich, weil ihn die Starrköpfigkeit seines Sohnes erschreckte, versuchte er, ihn mit kleinen Geschenken und Freundlichkeit umzustimmen. Doch es war alles vergebens.

Weder die Befehle noch die Drohungen oder Bitten seines Vaters konnten Karim dazu bringen, seine Meinung zu ändern. Hazrat beobachtete, wie er eines Tages fortging und Pawam ihm auf der Straße Beleidigungen nachrief.

Er ging wirklich fort, um in der Stadt zu leben. Und ließ sich lange Zeit nicht mehr blicken.

Zwei Jahre gingen ins Land. Die Narben in Hazrats Gesicht brannten nun nicht mehr. Seinen Spielzeugrevolver hatte er im Garten vergraben. Dort grünte und blühte alles. Und im See gab es wieder Fische. Das Leben im Dorf ging seinen gewohnten, ruhigen Gang, und Pawams Haus leerte sich allmählich, da die älteren Töchter heirateten und weggingen, so wie Samen sich im Wind zerstreuen. In Pawams Haus am See lebten jetzt nur noch er, Kimkha und vier Kinder: zwei Mädchen, Große Schwester und Kleine Schwester, die auch schon beinahe im heiratsfähigen Alter waren, und zwei Jungs, Nazok und Hazrat. Doch seit sein Erstgeborener fortgegangen war, war Pawam Bar Kuol nicht mehr so glücklich wie vorher: Der Wind hatte tiefe Furchen in sein Gesicht eingegraben und in seiner vor Wut rauen Kehle wollte immer wieder der Name Karim aufsteigen.

Dann kam der Tag, an dem Karim in das Haus am See zurückkehrte, zwei Jahre nachdem er in die Stadt gezogen war. Er blieb auf der staubigen Straße vor der Tür stehen, die Arme hingen schlaff am Körper herab. Seine Haare waren nun länger und schon von Grau durchzogen, und rund um seine Augen spannte sich ein Netz aus kleinen Fältchen wie bei einem, der ständig die Augen zusammenkneifen muss, um scharf sehen zu können.

»Hallo, Nazok«, grüßte Karim von der Straße her.

»Ich bin Hazrat«, antwortete Hazrat.

»Ich weiß doch ganz genau, wer du bist. Das war nur Spaß.«

Doch Hazrat kam es nicht vor wie ein Spaß. Und um Karims Mund lag ein böser Zug.

»Wer ist da an der Tür?«, fragte Kimkha. Dann erkannte sie Pawams Sohn und rief: »Karim! Lass dich ansehen! Komm herein! Dein Vater wird froh sein, dich zu sehen!«

Er kam ins Haus und man bot ihm eine Tasse Tee an. Im See vor ihnen spiegelte sich ein klarer Himmel, weiß und kalt von der Bergluft.

»Du bist also zurückgekommen«, sagte Pawam.

Seine Hand umkrampfte die Tasse und er betrachtete die Teeblätter auf ihrem Boden.

»Ja, ich bin zurückgekommen«, antwortete Karim. »Ich bin hier im Dorf, weil ich eine Frau nehmen will.«

»Aber du hast doch schon eine Frau«, erwiderte sein Vater überrascht.

»Du hattest auch eine und hast dann eine andere genommen«, sagte Karim und deutete auf Kimkha, die in der Küchentür stand.

»Und warum willst du eine andere Frau heiraten?«, fragte Pawam.

»Weil ich eine kennengelernt und mich in sie verliebt habe.«

»Aha«, antwortete sein Vater darauf, für den dieses Wort nie existiert hatte.

»Ich habe einen sehr mächtigen Imam um Rat gefragt«, erzählte Karim weiter, »und er hat mir eine glückliche Zukunft vorhergesagt …«

»Du bist verrückt«, sagte sein Vater jetzt zu ihm, so wie damals seine Verwandten ihm selbst abgeraten hatten. »Du hast doch schon viele Söhne, die den Fortbestand deiner Familie sichern. Du brauchst keine andere Frau.«

Bei diesen Worten kam Kimkha aus der Küche, sie brachte einen Teller mit kleinen Fischen, den sie vor den beiden Männern abstellte, und forderte sie auf zuzugreifen.

»Hör auf deinen Vater«, sagte Kimkha leise. »Die Heirat zwischen mir und Pawam war ein Fehler, sein Schicksal war es eigentlich, bei seiner ersten Frau zu bleiben. Stattdessen hat er unbedingt mich heiraten wollen. Mach nicht denselben Fehler.«

Karim sah sie verblüfft an. Er hatte Pawams zweite Frau noch nie so sprechen hören. Wenn man davon absah, dass es wegen dieser Heirat Spannungen zwischen Pawam und seinen Verwandten gegeben hatte, so war sie doch kein Fehler gewesen. Warum sagte diese Frau jetzt so etwas? Er trank seinen Tee und aß von den kleinen Fischen, die Kimkha gebraten hatte, aber er sagte kein einziges Wort mehr.

Dann ging er und ließ lange Zeit nichts mehr von sich hören.

Später erfuhr seine Familie, dass er wenige Tage nach dem Besuch geheiratet hatte.

Als er in das Haus am See zurückkam, sagte sein Vater zu ihm: »Du sollst eine Frau nicht heiraten, weil du sie liebst. Du sollst sie heiraten, weil du sie heiraten musst.«

»Genau das habe ich auch versucht, ihm zu sagen«, sagte Kimkha leise, aber sie ließ nicht durchblicken, ob sie aus dem ersten oder dem zweiten Grund geheiratet hatte.

Obwohl die Brautleute erklärten, dass sie einander liebten, obwohl der Imam ihre Verbindung gesegnet hatte, wurde die zweite Ehe von Karim nicht glücklich. Seine Arbeit in der Stadt lief immer schlechter, und das Geld, das er verdiente, reichte nicht aus, um seine beiden Frauen zu ernähren.

Und so kehrte er noch einmal zu seinem Vater zurück, Pawam bot ihm wieder eine Tasse Tee an und setzte sich ihm gegenüber.

»Ich hatte dir gesagt, du sollst nicht in die Stadt gehen, aber du bist gegangen«, sagte der alte Mann leise. »Ich hatte dir befohlen, nicht noch einmal zu heiraten, aber du hast es getan. Welche meiner Anordnungen willst du jetzt missachten? Warum bist du hier?«

Seit Karims letztem Besuch hatte sich im Haus nichts verändert. Pawams Gesicht hatte weitere Falten bekommen (die Falten von jemandem, dem die Gegenwart Sorgen bereitet), und seine Stimme war vom Rauchen heiser geworden, die vielen Zigaretten hatten seine Lungen und seinen Bart verfärbt.

»Ich brauche Geld«, erklärte Karim. »Ich bin dein erstgeborener Sohn und habe ein Anrecht darauf.«

Pawam betrachtete die Teeblätter in seiner Tasse und sagte seufzend: »Jeder, der Kinder hat, hat eine Pflicht vor Gott und den Menschen. Ein Vater muss seine Kinder großziehen und sie gut verheiraten. Das habe ich für dich getan, ich habe dich großgezogen und mit einer guten Frau verheiratet. Ich habe dir dein Erbe versprochen, aber du hast es ausgeschlagen. Du hast auf alles gespuckt, was ich dir bieten konnte, du bist fortgegangen und hast eine andere Frau geheiratet. Und damit hast du dein Recht als mein Erstgeborener verwirkt.«

»Willst du damit sagen, dass du mir dein Geld nicht geben wirst?«, fragte Karim.

»Genau das will ich damit sagen«, erwiderte sein Vater. »Und dies hier wird die letzte Tasse Tee sein, die wir zusammen trinken.«

Karim sprang auf und ballte die Hände so fest zu Fäusten, dass seine Fingerknöchel sich weiß färbten.

»Pass auf, Vater«, sagte er. »Ich kenne sehr mächtige Geistliche. Wenn du mir nicht hilfst, wird dich ihre Magie treffen.«

Pawam trank den Tee aus und sah seinen Sohn an. »Ich fürchte mich nicht vor Magie«, sagte er dann.

»Du machst einen Fehler«, sagte Karim.

»Vielleicht bleibt mir nichts anderes übrig, als Fehler zu machen. Aber wenigstens kann ich das ohne Angst tun.«

»Vater …«

Pawam zeigte wortlos zur Tür. Und Karim ging hinaus.

Der Tee aus seiner Tasse ergoss sich über den Boden.

6

Als die Magie mich an der Schulter berührte

FÜR JEMANDEN, der vom Dorf kam, wirkte Mazar-i-Sharif wie eine große Stadt, die aus Gassen und Schatten bestand, aus großen Häusern mit Räumen voller Gewisper. Karim ging zu einem Imam, Jadogher war sein Name, und brachte ihm zwei schwarze Hühner und eine junge Ziege als Geschenk mit. Der Imam hatte einen langen Bart, durchdringende Augen und trug ein Gewand, dessen Saum im Straßenstaub schleifte.

»Welchem Anlass verdanke ich die Gaben?«, fragte ihn der Imam.

»Ich möchte, dass du mit deiner Magie meinen Vater triffst«, antwortete Karim.

»Und welcher Zauber soll ihn treffen?«, fragte ihn der Imam.

»Pawam hat meine Ehe zerstört. Und jetzt will ich seine zerstören.«

»Wer Zerstörung fordert, wird Zerstörung ernten«, warnte ihn der Imam.

»Ich war im Krieg und bin zurückgekommen«, erwiderte Karim, der glaubte, er wüsste, was Zerstörung bedeutete.

»Es sei, wie du wünschst«, gab der Imam nach.

Und er nahm die beiden schwarzen Hühner und die junge Ziege mit sich.

Auf einmal wurde Pawam sehr ernst, düster und in sich gekehrt.

Alle im Dorf bemerkten das. Sein Streit mit Karim ging ihm nicht aus dem Kopf. Selbst im Schlaf fand er keine Ruhe. Er atmete schwer, wälzte sich ständig hin und her. Wenn er auf den See blickte, fluchte er bloß. Und sein Gang wurde unsicher.

»Pawams Geist hat sich verdunkelt«, sagten seine Freunde. »Und sein Tee schmeckt jetzt bitter.«

Er spielte nicht mehr mit seinen Kindern, wie er es in den letzten Jahren zu tun gelernt hatte. Er ließ Hazrat nicht mehr auf seinen Knien reiten oder zog ihm scherzhaft die Ohren lang. Mit Kimkha stritt er sich wegen jeder Nichtigkeit. Zuerst nur selten, aber dann immer häufiger, schließlich jeden Tag. Pawam wurde sogar gewalttätig. Er ohrfeigte seine Frau. Und ein paarmal kam es sogar vor, dass er sie mit dem Gürtel schlug.

»Pawam ist böse geworden«, sagten seine Freunde jetzt. »Und in seinem Haus ist man in Gefahr.«

Kimkhas Freundinnen waren die Ersten, die an irgendeinen Zauber dachten. Sie rieten ihr, Rat bei der alten Nomadenfrau einzuholen, die für einige Tage am Ufer des Sees ihr Lager aufgeschlagen hatte. Kimkha wartete, bis Pawam und seine Söhne das Haus verlassen hatten, dann eilte sie verstohlen und leichtfüßig wie eine Diebin hinaus. Sie ging zum Zelt der alten Nomadenfrau, setzte sich vor die silbernen Talismane, die an Schnüren im Wind hin und her schwangen, bot ihr Weizen und ein selbst gebackenes Brot an und bat sie, sie solle im Gegenzug für diese Geschenke schauen, was mit ihrer Familie los war.

Die alte Nomadenfrau nahm den Handel an, entblößte beim Lächeln ihre wenigen verbliebenen Zähne und ließ sich im Schatten eines Maulbeerbaums nieder. Dort blieb sie lange mit geschlossenen Augen sitzen, ihr Atem ging so langsam, als würde sie gleich sterben. Sie suchte in ihrem Inneren die Wege des Windes und der Geister. Und als sie schließlich die Augen wieder öffnete, murmelte sie: »Es kommt.«

Kimkha fragte sie händeringend: »Was kommt?«

»Das Böse«, erwiderte die alte Nomadenfrau. »Jemand hat es gerufen. Und es hat sich auf den Weg gemacht.

Wenn ihr hierbleibt, wird es euch finden, und du und deine Familie, ihr werdet verloren sein.«

Kimkha sprang entsetzt auf, ihre Rehaugen blitzten vor Wut und ihre Hände griffen nach dem Sack Weizen, den sie der Nomadenfrau hatte geben wollen. »Du lügst, alte Frau!«

»Ich lüge nicht«, erwiderte die Alte. Sie sah Dinge, die andere nicht sahen, ganz so, wie man es vielen nachsagt, die ständig auf der Wanderschaft sind. »Geh nach Hause und sag deinen Söhnen, sie sollen ihr Hemd ausziehen. Dann wirst du sehen, dass einer von ihnen auf der rechten Schulter einen Leberfleck hat. Einen Leberfleck so groß wie eine reife Olive.«

»Ich werde nach Hause gehen und tun, was du sagst«, flüsterte Kimkha erschrocken.

»Dann wirst du wissen, dass meine Prophezeiung wahr ist«, schloss die alte Frau.

Erschrocken ließ Kimkha ihr den Sack mit dem Weizen da und rannte davon.

Sie meinte, die Dornenbüsche um den See drohend raunen zu hören.

Sie eilte in die Küche, und während sie wartete, nagte sie besorgt an den Fingernägeln. Hazrat und sein älterer Bruder Nazok kamen lachend zur Tür herein. Sie hatten Mandeln gepflückt und ihre Hemden waren voller Gras- und Erdflecken.

»Was habt ihr nur angestellt?«, schimpfte Kimkha.

Aber kaum hatte sie die Jungen gesehen, überkam sie eine Welle von Glück. Wie konnte an den Worten der Frau etwas Wahres sein? Ihre Familie war glücklich. Ihr Heim war ein sicherer Ort. »Zieht die Hemden aus, damit ich sie waschen kann.«

Die beiden Jungen gehorchten ihr eilig und zogen sich aus. Kimkha sagte, sie sollten sich umdrehen, und dann unterdrückte sie hastig einen Schreckensschrei.

Hazrat hatte auf seiner Schulter einen dunklen Leberfleck, so groß und rund wie eine reife Olive.

7

Markttag

HAZRAT LIEBTE ES, seinem Vater zu folgen, wenn dieser durch das Dorf lief. Er sah gern, wie alle ihn respektierten. Sein Vater mochte so hart wie die Wurzel einer Akazie und so stur wie die weißen Bergesel sein, aber er war immer ein schwer arbeitender Mann, ein anständiger Ehemann, ein guter Familienvater und ein gottgläubiger Mensch gewesen. Oder jedenfalls hieß es so und alle sagten das zu Hazrat, wenn er mit seinem Vater unterwegs war.

»Dein Vater ist ein schwer arbeitender Mann!«

»Dein Vater ist ein anständiger Ehemann! Er hat seine beiden Ehefrauen bis auf die letzte Münze bezahlt!«

Das sagten sie jetzt immer noch zu ihm, obwohl ihnen aufgefallen war, dass sich seit einiger Zeit ein düsterer Schleier über Pawams Gesicht gelegt hatte. Sie versuchten, eine Entschuldigung dafür zu finden. Doch da Pawam nicht auf ihr Lob reagierte und nur stumm Hazrat hinter sich herzerrte, verärgerte sie das mit der Zeit. Und als sie dann einmal beobachteten, wie er seinem Sohn einen Tritt versetzte, damit er auf die andere Straßenseite ging, bekamen sie es mit der Angst zu tun. Allmählich kamen auch keine Verwandten mehr zu Besuch, die Kunden mieden seine Geschäfte, nur die Bauern bestellten noch seine Felder. Aber das auch nur, weil sie keine andere Wahl hatten.

»Kommt doch auf einen Tee zu uns«, lud Kimkha die Nachbarn ein, aber die blieben mit der einen oder anderen Entschuldigung fern. Hazrat fand immer weniger Kinder, mit denen er draußen spielen konnte. Über Pawams Haus legte sich eine düstere Stimmung, und weil so eine düstere Stimmung schwerer ist als der Wind, hilft es gar nichts, die Tür offen zu halten und zu hoffen, dass sie sich verzieht.

Pawam jedoch war nicht dumm. Er merkte, was los war. Er hatte gesehen, dass der Weizen auf seinen Feldern rot geworden war, und hatte gesagt: Diese Farbe bedeutet nichts Gutes. Und obwohl er sich nicht selbst sehen und so den Schatten nicht erkennen konnte, der sich über ihn gelegt hatte, bemerkte er doch, wie die anderen sich ihm gegenüber verhielten, und das machte ihn wütend. Je mehr er sich darüber aufregte, desto dunkler legte sich der Schatten über sein Gesicht, und die Wangen seiner Frau wiesen neue blaue Flecken auf.

Hazrat, sein Bruder und die beiden Schwestern, die noch im Haus lebten, lernten schnell, dass man ihrem Vater aus dem Weg gehen musste und ihm nie widersprechen durfte.

»Unser Vater mag ja ein schwer arbeitender Mensch sein und ein anständiger Ehemann und gottgläubig …«, sagte Nazok ab und zu im Spaß, »aber er geht auch auf einen los wie ein Widder.«

Die Zeit der brütenden Hitze kam heran und mit ihr auch der Ramadan, der neunte Monat im islamischen Kalender, während dem man bis zum Sonnenuntergang fasten muss. Zwei Tage vor Beginn des Ramadans beschlossen die Leute aus dem Dorf, den Markt in Balch, der nächsten Stadt, zu besuchen, um sich dort mit Vorräten einzudecken. Und Pawam wollte mit. Es war ein Montag, und da sich einige seiner Nachbarn kürzlich ein geräumiges Auto gekauft hatten, ging Pawam im Morgengrauen zum Dorfplatz und stieg dort mit all den anderen in den Wagen, der dann voll besetzt war.

»Folge deinem Vater«, sagte Kimkha zu Nazok.

»Warum sollte ich meinem Vater folgen?«, fragte Nazok verwundert.

»Weil er nicht mehr er selbst ist und vergessen könnte, das zu kaufen, was wir brauchen«, erwiderte seine Mutter.

»Aber der Wagen ist doch schon losgefahren!«, wandte Nazok ein.

»Nimm das Pferd«, befahl seine Mutter.

So gesehen schien es ein tolles Abenteuer zu sein. Nazok sagte Hazrat Bescheid, der ihm half, das Pferd zu satteln, dann saß er auf und folgte dem geräumigen Wagen mit all den Turbanen, die sich im Wind aufwickelten. Er folgte ihnen bis zum Markt außerhalb von Balch, und dort ging er seinem Vater hinterher, um zu sehen, was er tat. Dabei achtete er sorgfältig darauf, immer Abstand zu ihm zu halten, damit er ihn nicht bemerkte. Wenn er nicht gerade Pawam beobachtete, sah sich Nazok die großen Gebäude der Stadt an, die auf ihn so riesenhaft wirkten wie Gebirge, nur dass sie Fenster und Türen hatten.

Doch Kimkhas Befürchtungen bestätigten sich nicht. Pawam ging von einem Marktstand zum anderen und feilschte mit den Melonenverkäufern um ihre Ware wie in seinen besten Zeiten; genauso hielt er es mit den Paprikaschoten, dem Reis, dem Kreuzkümmel und dem Pökelfleisch. Er holte bei allem, was er einzukaufen hatte, den besten Preis heraus und ließ sich auch nicht von irgendwelchen elektronischen Gerätschaften austricksen, er brachte seine Uhr bei einem Uhrmacher zur Reparatur, dem eine Mine beide Beine abgerissen hatte, probierte mehrere russische Ferngläser aus und überlegte lange, ob er eine kleine Waage mit Messinggewichten erstehen sollte. Später kaufte er scharfen Reis mit Lamm an einer Straßenecke, hockte sich hin und aß ihn, bis er sich schließlich am Nachmittag mit einer gut gefüllten Tasche wieder in das Auto der Nachbarn quetschte, um nach Hause zu fahren.

Nazok trieb sein Pferd an und erreichte das Haus kurz vor seinem Vater. Er lief zu Kimkha und beruhigte sie: »Papa geht es ausgezeichnet, und er hat alles eingekauft, was wir brauchen. Er hat nichts vergessen!«

Und Kimkha hatte den gleichen Eindruck: Als Pawam hereinkam, lächelte er und wirkte freundlich.

Seit Langem hatte ihn niemand mehr lächeln gesehen. Alle glaubten, das sei ein gutes Zeichen, dass ihm die Fahrt in die Stadt gutgetan habe.

»Siehst du?«, sagte Kimkha zu Hazrat. »Dein Vater hat die Stadt immer gehasst, doch jetzt ist er endlich selbst einmal hingefahren und zufrieden von dort zurückgekommen.«

Aber da irrte sie sich.

8

Das Versprechen

DIE DUNKELHEIT senkte sich herab und somit leerten sich auch die Straßen.

Seit der Krieg hierhergekommen war, gehörte die Nacht den Grauen. Von Sonnenuntergang bis Sonnenaufgang bewegten sich die Grauen auf ihren Pferden oder in ihren Kleinlastern durch die Dunkelheit. In ihren langen Gewändern, die Gesichter unter den hohen Turbanen verborgen, wirkten sie wie Geister. Mit Gewehren bewaffnete Geister. Während der Ausgangssperre durfte niemand sich von ihnen erwischen lassen.

Wie jeden Abend verriegelte Kimkha die Haustür, schloss die Fensterläden und zündete die Petroleumlampen an. Die Familie beendete ihr Abendessen schweigend, nur Pawam lächelte weiter breit vor sich hin. Doch mit der Zeit wirkte dieses grundlose Lächeln eher wie eine rätselhafte Maske und drückte auf die Stimmung in der Familie. Nach dem Essen stand Pawam auf, ohne etwas zu sagen, und ging ins Schlafzimmer. Die beiden Töchter halfen Kimkha beim Aufräumen, während Nazok und Hazrat auf dem großen Esstisch Würfel spielten.

»Ich weiß nicht, was gerade mit unserer Familie geschieht«, sagte Kimkha auf einmal leise. »Aber ich bin müde und will das alles nicht mehr. Wenn jemand sterben muss, möchte ich es sein.«

»Sag so etwas nicht, Mama«, erwiderte Nazok. »Ich werde vor dir sterben.«

Bei diesen Worten raffte sie sich auf und sagte lächelnd: »Was redest du da? Du bist jung und hast dein ganzes Leben noch vor dir. Mir bleibt nichts mehr zu tun. Meine Wünsche sind alle erfüllt, mich erwartet nichts mehr.«

Kimkha räumte alle Zimmer sehr ordentlich auf, strich ihren Kindern über die Haare und sagte: »Jetzt geht schlafen, geht schlafen und ruht euch aus.«

Hazrat ging gehorsam in das Zimmer, das er sich mit Nazok teilte, und versuchte, die seltsamen Worte seiner Mutter zu vergessen, wie auch die Vorahnungen, die dadurch aufgekommen waren. Langsam beruhigte sich sein Herzschlag und er fiel in einen traumlosen Schlaf.

Ein Schrei weckte ihn schlagartig, ein Schrei so schrill, dass er die Wände erzittern ließ.

»Das ist Mama«, sagte Hazrat.

»Ja, das ist Mama«, bestätigte Nazok, und der Ältere packte die Hand des kleinen Bruders.

Beide rannten ins Schlafzimmer der Eltern, wo auch ihre beiden Schwestern schliefen.

Das Schlafzimmer wurde durch eine Petroleumlampe erhellt, die jetzt umgekippt auf dem Boden lag und graue Schatten an die Wände warf. Mauern und Bett waren mit Blut bespritzt. Überall war Blut, sogar bis hinauf an die Decke. Hazrat entdeckte seine Mutter, die sich leise stöhnend auf dem Boden krümmte.

»Mama«, flüsterte Hazrat entsetzt.

»Mama«, wiederholte Nazok.

»Meine Kinder«, flüsterte Kimkha mit allerletzter Kraft. »Lauft weg!«

Dann sahen sie ihren Vater.

Pawam Bar Kuol war über und über mit Blut bedeckt und ein irres Grinsen verzerrte sein Gesicht. Er hielt ein langes Schlachtermesser in der Hand, so eines, mit dem man Ziegen häutet. Vor ihm standen Hazrats Schwestern und schrien in Todesangst. Pawam schwang das Messer, und die Hände von Großer Schwester rollten über den Boden, bis sie neben der Mutter liegen blieben. Große Schwester schrie laut, und Pawam traf sie mit dem Messer in den Bauch, ein Mal, zwei Mal, drei, vier Mal. Hazrat, der wie gelähmt in der Tür stand, zählte acht Messerhiebe, doch Große Schwester stand immer noch aufrecht da und schrie.

»Verschwindet!«, sagte das Mädchen auf einmal und drehte sich zu den beiden Jungen um, und da begriff Hazrat, dass er sonst nichts tun konnte.

Große Schwester rannte in einer übermenschlichen Anstrengung aus dem Zimmer. Sie versuchte, Hazrats Hand zu packen, aber das konnte sie ja nicht mehr. Sie blutete heftig. Überall war Blut. Kleine Schwester versuchte verzweifelt, den Riegel der Haustür zu öffnen, aber sie schaffte es nicht.

»Kommt zurück!«, brüllte Pawam aus dem Schlafzimmer.

Nazok bearbeitete die Haustür mit Fußtritten, bis der Riegel schließlich nachgab. Alle rannten hinaus in die Dunkelheit.

»Zum Haus von Onkel und Tante!«, schrie Große Schwester, und alle folgten ihr.

Hazrat sah aus dem Augenwinkel, wie Pawam hinter ihnen auftauchte, das Messer fest in der Hand. Und er sah, wie Kleine Schwester fiel.

»Nein«, schrie er verzweifelt auf, doch er lief weiter.

Nazok dagegen drehte um und stürzte sich auf seinen Vater, er knurrte, als hätte er keine Angst vor dem langen, scharfen Messer. Pawam hieb auf ihn ein. Noch einmal. Drei Mal versenkte Pawam das Messer in seinen Sohn. Doch der fiel nicht zu Boden, er konnte sich befreien und Pawam im Haus einschließen.

Das Messer fiel draußen auf die Erde.

Die vier Geschwister flohen schwankend. Und erst als sie den Garten von Onkel und Tante erreichten, merkte Hazrat, dass Nazok sich nur mühsam vorwärtsschleppte und sehr viel Blut verlor.

»Komm, Nazok! Wir sind da!«

Sein Bruder schenkte ihm ein angestrengtes Lächeln, dann blieb er unter einem großen Maulbeerbaum stehen, um Atem zu holen. Er presste die Hände gegen seinen Bauch und keuchte.

»Ich möchte mich kurz ausruhen«, sagte er leise. »Geh schon mal vor, Hazrat.«

»Ruh dich noch nicht aus, Bruder«, sagte Hazrat. »Wir sind doch gleich da.«

»Ich muss mich ausruhen«, beharrte sein Bruder. »Ich hab gesagt, du sollst vorausgehen, Hazrat.«

Und Hazrat gehorchte. Nazok ließ sich stöhnend unter dem großen Maulbeerbaum nieder. Er hatte seiner Mutter versprochen, dass er vor ihr sterben würde.

Und dieses Versprechen sollte er halten.

9

Mein Zuhause

ONKEL UND TANTE waren aus dem Schlaf hochgeschreckt.

Sie sahen Nazok unter dem Maulbeerbaum liegen, Große Schwester ohne Hände, Kleine Schwester, verletzt und blutüberströmt, und zwischen ihnen Hazrat, der als Einziger nicht einen Kratzer abbekommen hatte.

»Papa ist verrückt geworden«, erklärte er tonlos und ohne zu jammern.

Die Tante rannte los, um den Arzt zu holen, der Onkel nahm hingegen sein Gewehr und ging zum Haus von Pawam Bar Kuol. Die Eingangstür stand jetzt wieder offen, der Onkel ging mit dem Gewehr im Anschlag hinein und rief leise: »Pawam, wenn du da bist, mach bloß keinen Unsinn.«

Er erhielt keine Antwort, aber der Onkel hörte

jemanden im Elternschlafzimmer weinen und ging dorthin. Von der Schwelle aus sah er Pawam dort mit gekreuzten Beinen neben dem hingestreckten Körper seiner Frau sitzen, er schluchzte leise und schnell wie ein verängstigter kleiner Junge. Kimkha lebte noch und sah ihn aus großen, tränenlosen Augen an. Ihr Blut hatte das Zimmer überflutet, und der Onkel stellte fest, dass er sie nicht einmal ansehen konnte, weil dieser starre, hasserfüllte Blick das Wildeste war, das er in seinem ganzen Leben gesehen hatte.

»Was habe ich getan?«, fragte Pawam den Onkel unter Tränen, und der Onkel antwortete ihm nicht, weil es nichts gab, was er ihm hätte sagen können. Er hätte nur eins tun können: das Gewehr heben. Und schießen.

Stattdessen nahm er ein Kissen vom Bett und legte es unter Kimkhas Kopf, selbst wenn er ihr nicht ins Gesicht sehen konnte, und sagte: »Der Arzt wird gleich da sein.«

Der kam wirklich schnell, aber nicht allein: Mit ihm betraten fünf Soldaten der Grauen das Zimmer. Sie hatten die Tante unterwegs angehalten, weil niemand ohne ihre Erlaubnis nachts draußen herumlaufen durfte. Und diese Erlaubnis gaben sie niemandem, schon gar nicht einer Frau. Doch die Tante hatte zu weinen begonnen und geschrien, man solle sie doch zum Arzt lassen, es sei ein Unglück geschehen, im Haus von

Pawam Bar Kuol gebe es Tote. Sie hatte gebrüllt, dass ihre ältere Nichte keine Hände mehr hätte.

»Was habe ich getan?«, fragte Pawam Bar Kuol jetzt die fünf Soldaten, die ins Zimmer gekommen waren. Und er betrachtete die Kalaschnikows, die sie umgehängt trugen.

Die Kalaschnikows glänzten im Licht der blutbespritzten Petroleumlampe.

Die Grauen gaben ihm ebenfalls keine Antwort, sie zerrten ihn hoch und luden ihn auf einen Jeep, der mit laufendem Motor direkt vor dem Haus stand. Kurz darauf verschwand das Fahrzeug in der Dunkelheit und ließ hinter sich und auf Hazrat eine bläuliche Staubschicht zurück.

»Können Sie etwas tun, um sie zu retten?«, fragte der Onkel den Arzt und deutete auf Kimkha, die immer noch auf dem Boden lag, doch er konnte sie immer noch nicht ansehen.

»Helfen Sie mir, sie aufs Bett zu legen«, erwiderte der Arzt.

Der Onkel hielt den Blick gesenkt, während Kimkha untersucht wurde.

»Nun?«, fragte er, als er sah, wie der Arzt sich aufrichtete.

»Ich kann nichts mehr für sie tun. Sie hat zu viel Blut verloren.«

»Wir haben doch ein Auto im Dorf!«, protestierte

der Onkel. »Darin können wir sie ins Krankenhaus bringen und …«

Aber der Arzt schüttelte nur stumm den Kopf. Selbst im Krankenhaus würde man Kimkha nicht mehr helfen können, höchstwahrscheinlich würde sie auf der Fahrt dorthin sterben. Da war es besser, wenn sie hier friedlich in ihrem Zuhause blieb.

»Und die Kinder?«, fragte der Onkel dann.

Nazok war bereits unter dem Maulbeerbaum gestorben, und Hazrat, der neben ihm saß, war vollkommen unverletzt. Kleine Schwester hatte sehr viel Blut verloren, und der Arzt bezweifelte, dass sie es überleben würde, während Große Schwester es schaffen könnte, obwohl sie beide Hände verloren hatte.

Im Dorf kehrte wieder Stille ein.

Kimkha starb am nächsten Morgen zu Hause. Kleine Schwester lag drei Tage in ihrem Bett.

Am ersten Tag weinte sie ständig. Am zweiten Tag nicht mehr.

Und am dritten konnte sie endlich sterben.

10

Die Beerdigung

»DARF ICH mit zu Nazoks Beerdigung?«

»Nein«, antwortete die Tante. »Dazu bist du noch zu klein.«

»Aber ich habe Nazok lieb gehabt«, protestierte Hazrat. »Wir sind zusammen aufgewachsen und haben immer zusammen Mandeln gepflückt.«

»Gerade deshalb sollst du nicht zusehen, wie er beerdigt wird«, antwortete die Tante. »Weil du ihn lieb gehabt hast.«

Hazrats Gesicht verdüsterte sich. Was für einen Sinn hatte es, jemanden lieb zu haben, wenn man ihn dann nicht auf seine letzte Reise begleiten durfte?

»Darf ich dann zu Mamas Beerdigung?«

»Ja«, gab die Tante nach. »Zu Kimkhas Beerdigung darfst du gehen.«

Hazrat begriff nicht, warum er zur Beerdigung seiner Mutter durfte und zu der seines Bruders nicht, er hatte sie doch beide gleich lieb gehabt. Doch die Entscheidung seiner Tante stand fest.

Er zog die Schuhe seines Bruders an und ging mit der Tante zur Beerdigung seiner Mutter, und als er in den Hof kam, erkannte er, was das Raunen war, das beim Näherkommen immer lauter geworden war: Das gesamte Dorf hatte sich versammelt. Er sah alle dort stehen, still, sogar die Nachbarn, die seit Monaten kein Wort mit ihnen gewechselt hatten, und sogar die, die Kimkha und seine Familie überhaupt nicht kannten. Alle weinten und schienen sehr traurig zu sein, sie murmelten Beileidsworte und betrübte Gebete.

Nur einer hatte keine tränenfeuchten Augen.

Karim, Hazrats ältester Bruder, der erstgeborene Sohn von Pawam Bar Kuol.

Hazrat beobachtete ihn während der ganzen Gebete und Karim vergoss die gesamte Zeit über keine einzige Träne, im Gegenteil. Irgendwann verzog ein seltsames Lächeln seine Lippen, als lache er insgeheim über einen Witz, den nur er verstand.

Nach der Beerdigung nahm Hazrat die Hand der Tante, weil er glaubte, er würde jetzt zu ihnen nach Hause gehen, aber da kam Karim zu ihnen und sagte: »Du und deine Schwester, ihr werdet jetzt in meinem Haus leben.«

Hazrat sah seine Tante an. Doch die sagte nichts dazu.

Er dachte an die Stadt und stellte fest, dass er sich davor fürchtete. Er erinnerte sich daran, dass Pawam verrückt geworden war, nachdem er den Markt dort besucht hatte.

»Ich will nicht«, erwiderte er.

Karim sah ihn mit diesem seltsamen Lächeln an, das er während der Beerdigung auf den Lippen gehabt hatte, und sagte: »Du bist zu klein, um das zu entscheiden. Ich habe schon mit deiner Schwester gesprochen. Ihr beide werdet zu mir nach Hause kommen.«

11

Die Kaution

In Pawams Laden gab es einen kleinen Wandsafe.

»Weißt du, wo der Schlüssel ist?«, fragte Karim.

Hazrat hatte noch nicht gelernt zu lügen, deshalb schwieg er lieber.

»Schon gut«, sagte Karim. »Ich habe bereits deine Schwester gefragt, und sie hat mir gesagt, wo er ist.«

Der Stiefbruder öffnete die Schublade einer alten Kommode und holte dort einen großen Schlüssel aus glänzendem Metall heraus. Hazrat hatte sich immer gefragt, warum man für einen so kleinen Safe einen so großen Schlüssel brauchte.

Karim öffnete ihn vor seinen Augen und holte ein Bündel Papiere hervor.

»Weißt du, was das ist?«, fragte Karim.

»Nein.«

»Das sind Urkunden.«

»Und was sind Urkunden?«

Sein Bruder sah ihn einen endlos scheinenden Moment an, dann sagte er ganz leise: »Das sind Papiere, die beweisen, dass Pawams Hinterlassenschaft rechtmäßig deinem Bruder Nazok und dir gehört.«

»Aber Nazok ist tot.«

Sein Bruder sah ihn noch durchdringender an.

»Stimmt.«

Dann nahm er die Papiere, faltete sie zusammen und verstaute sie unter seinem langen Hemd.

»Wo bringst du die hin?«, fragte Hazrat.

»Ich bewahre sie sicher für dich auf.«

Hazrat hatte noch nicht gelernt zu lügen, aber deswegen hielt er sich doch nicht für dumm: Er hatte genau verstanden, dass Karim diese Papiere nicht für ihn aufbewahren, sondern sie stehlen wollte. Doch er schwieg, weil er nichts dagegen tun konnte. Und weil er niemanden hatte, mit dem er darüber reden konnte.

Am folgenden Tag ging Karim zu den Weiden am Seeufer und zählte dort alles Vieh von Pawam, auf ein zerknittertes Blatt Papier schrieb er genau auf, wie viele Schafe, Pferde und Kühe es waren.

Dann ging er zum Markt von Mazar-i-Sharif und begann mit den Viehhändlern zu feilschen. Er einigte sich mit ihnen auf einen Preis, der Kauf wurde durch Handschlag besiegelt und die Händler fuhren mit zwei

Lastwagen zum Seeufer. Dort luden sie Pawams Tiere auf und brachten sie weg.

Auch dieses Mal hatte Hazrat alles beobachtet und auch dieses Mal konnte er seinen Bruder nicht aufhalten. Doch er fühlte Wut in sich, sie glimmte wie Glut unter der Asche.

»Bruder«, sagte er eines Tages zu ihm. »Was wirst du Pawam sagen, wenn er dich fragen wird, wo sein Vieh hingekommen ist?«

»Pawam ist im Gefängnis und dort wird er eine ganze Weile bleiben.«

Hazrat lächelte. »Unser Onkel hat gesagt, die Grauen könnten beschließen, ihn aus dem Gefängnis zu entlassen.«

Er war noch zu klein, um zu wissen, was das Wort »Kaution« bedeutete, aber er hatte seinen Onkel so verstanden, dass Pawam sich mit einer entsprechenden Summe seine Freiheit erkaufen konnte. Hatte Karim etwa das vor?

Hazrat stellte fest, dass er seinen Vater lieber mochte als seinen Stiefbruder. Trotz allem. Trotz der Nacht, in der Pawam verrückt geworden war. Es kam ihm vor, als wäre das nie passiert. Als wäre alles nur ein Albtraum gewesen. Dunkle Magie. Wenn Große Schwester nach ihren Händen sah, die nun nicht mehr da waren, sagte sie, sie seien verflucht worden, ihr Vater sei das Opfer von dunkler Magie geworden. Pawam war ein starker Mann, aber was hätte er einem Zauber entgegensetzen sollen?

Wer konnte dem widerstehen?

Und wer beherrschte Magie?

Die Imams?

Hazrat wusste es nicht. Er wusste auch nicht, dass jemand, der selbst Magie beherrschte, auch von etwas anderem, etwas viel Simplerem beherrscht werden konnte.

Nachdem er das Geld für das Vieh erhalten hatte, bat Karim um ein Treffen mit dem Anführer der Grauen, einem großen, hageren Mann mit tiefschwarzem Bart und einem großen aschegrauen Turban.

»Ich bin der Sohn von Pawam Bar Kuol«, stellte er sich vor. »Ich weiß, dass ihr meinen Vater aus dem Gefängnis entlassen könnt.«

»Ja«, antwortete der Anführer der Grauen. »Wenn er die Kaution bezahlt.«

»Mein Vater ist gefährlich und unberechenbar«, sagte Karim.

Dann senkte er den Kopf und gab vor, sich zwingen zu müssen und besorgt zu sein, was aber gar nicht stimmte. »Ich bitte euch, haltet diesen Mann von uns fern. Für immer!«

Und er legte einen mit Scheinen prall gefüllten Umschlag auf den Tisch.

12

Unkraut

KARIM BETRACHTETE Hazrat wie der Bauer das Unkraut auf seinen Feldern. Er wusste, wenn er es zu sehr wuchern ließ, würde es früher oder später seinen ganzen Garten überziehen. Es gab nur ein Mittel gegen Unkraut: Man musste es ausreißen.

»Darf ich meinen Vater im Gefängnis besuchen?«, fragte Hazrat eines Tages. »Große Schwester wird mich begleiten.«

»Geh ruhig«, sagte Karim. »Aber kein Wort vom Vieh und kein Wort darüber, dass ich mit den Grauen geredet habe.«

Als Hazrat schwieg, fügte sein Stiefbruder hinzu: »Sonst bringe ich dich um.«

Hazrat hatte schon herausgefunden, dass es viele Arten gab, einen Menschen zu töten. Man konnte ein langes Schlachtermesser nehmen, wie es Pawam bei seiner Frau Kimkha getan hatte, oder man konnte jemanden ganz allmählich durch Angst töten. Und diese Erfahrung hatte er durch eine lange Reihe Lektionen gewonnen, die sich ihm gut eingeprägt hatten. Hazrat hatte gelernt, dass er, wenn Karim ihn schlug, sich am besten auf den Boden fallen ließ und so tat, als wäre er ohnmächtig geworden. Und er hatte gelernt, dass er sich dann auf keinen Fall die Hände zum Schutz vor den Kopf oder zwischen die Beine legen durfte, denn dann begriff Karim, dass er nicht wirklich ohnmächtig geworden war, und wurde doppelt so wütend.

Er hatte gelernt, dass er sofort aufspringen musste, wenn sein Bruder ihm etwas befahl, aber dass der ihn vielleicht trotzdem schlagen würde. Vor allem jedoch hatte Hazrat gelernt, dass er den Mund halten musste. Nachdem er nämlich einmal über die Koranschule, in die er zusammen mit Karims Söhnen ging, gesagt hatte: »Ich gehe gern in die Koranschule«, war Karim zum Lehrer gegangen und hatte erklärt, Hazrat könne nicht mehr in die Schule kommen, weil er arbeiten müsse. Der Lehrer war sehr enttäuscht gewesen, er hatte erklärt, Hazrat sei einer der Besten in der Klasse, und das hatte Karim so geärgert, dass er seinen Stiefbruder am Abend noch fester als sonst geschlagen hatte.

Deshalb tat Hazrat das Gleiche, als er seinen Vater im Gefängnis besuchte: Er schwieg. Selbst als Pawam beim Anblick von Großer Schwester in Tränen ausbrach und sagte, es täte ihm furchtbar leid, was er getan hatte. Und er sagte noch viele andere Dinge, an die Hazrat sich später nicht mehr erinnerte.

Damals dachte er noch, dass das zwischen seinem Stiefbruder und ihm irgendwann wieder in Ordnung kommen würde. Dass er ein Kind war und Karim ein Erwachsener. Früher oder später würden sie einander verstehen und Karim würde ihn in Ruhe lassen. Doch dann hatte Hazrat an einem Spätnachmittag kurz vor Sonnenuntergang das Haus verlassen und war Mandeln kaufen gegangen. Mandeln auf dem Markt in der Stadt zu kaufen war zwar längst nicht so lustig, wie sie im Dorf von den Bäumen zu pflücken, aber Hazrat tat das trotzdem gern, weil die Mandeln ihn an seinen Bruder Nazok erinnerten. Der Markt erinnerte ihn ebenfalls an Nazok, wie er damals ihrem Vater auf dem Pferd gefolgt war. Um dort hinzukommen, musste Hazrat aber an dem Haus der Nachbarn vorüber, und nichts jagte ihm mehr Angst ein. Die Nachbarn ließen nämlich oft das Gartentor offen, und sie hatten einen riesigen schwarzen Hund, mit langen, gelben Zähnen und einem struppigen Fell, das an Schweineborsten erinnerte. An diesem Nachmittag war das Gartentor nur angelehnt und Hazrat rannte daran vorbei. Der Hund witterte ihn, stieß die Türflügel mit der Schnauze auf und knurrte ihn an. Hazrat rannte schneller, obwohl er genau wusste, dass man nie vor einem wütenden Hund davonlaufen darf. Er hatte einfach zu viel Angst. Er rannte also, und dieser riesengroße Hund verfolgte ihn bellend, setzte zum Sprung an und verbiss sich so heftig in Hazrats Bein, dass er ihm den Knochen brach.

Hazrat rollte sich auf den Boden ab und blieb reglos liegen, wie er es bei seinem Bruder gelernt hatte, und der Hund ließ von ihm ab. Weinend hinkte er mit blutendem Bein nach Hause zurück, ohne Mandeln. Karims Frau schickte ihn ins Bett und versuchte, die Wunde zu reinigen.

»Wir müssen ihn ins Krankenhaus bringen«, sagte sie.

»Warum denn?«, erwiderte Karim. »Hazrat ist wie Unkraut: Das vergeht nicht. Er wird schon von allein gesund werden.«

Karim hatte recht. Ein halbes Jahr später spürte Hazrat keine Schmerzen mehr.

Doch die Narbe blieb ihm für immer.

13

Die unvorhergesehene Seite des Krieges

ETWAS AM KRIEG gefiel ihm.

Das war schon immer so gewesen, seit er ein kleiner Junge war, und er wusste gar nicht so genau, warum. Der Krieg bewegte die Dinge, die Menschen, die ganze Welt.

Auch die Stadt bewegte sich, wenn der Krieg näher kam. Und Hazrat saß vor der Haustür und beobachtete, wie sie sich veränderte.

Inzwischen waren einige Jahre vergangen, seit Pawam ins Gefängnis gekommen war, Hazrat war größer geworden, er hinkte nicht mehr und manchmal, ganz selten, konnte er auch träumen.

Doch er erinnerte sich nie daran, was er geträumt hatte.

Er begriff, dass der Krieg in die Stadt kam, als er sah,

wie die alten Jeeps der Grauen durch die Straßen rasten. Er fragte, was denn los sei.

»Die Cowboys kommen!«, riefen die Nachbarn. »Die Cowboys kommen!«

Hazrat rannte los, um das zu sehen. Er hatte schon von den Cowboys gehört. Und einmal hatte er sie auch gesehen. Sie waren von den Bergen herabgekommen mit ihren tropfenförmigen Sonnenbrillen und den neuen Stiefeln, und der Himmel war übersät gewesen mit Helikoptern, und auf den Maultierpfaden hatten sich dicke, kantige Jeeps gedrängt, die so breit waren, dass sie manchmal auf diesen schmalen Wegen nicht weiterkamen.

Die Grauen und die Cowboys waren Feinde. Sie kämpften um jedes Dorf. Um jede Stadt. Ein Krieg der Kalaschnikows und der Raketen, mit vergrabenen Minen und ferngezündeten Bomben. In der Stadt hörte Hazrat noch die Stimmen der Grauen, sah, wie sie ihre Fäuste nach oben reckten und wie die Männer einander umarmten, aber er hatte sich schon gedacht, dass die Grauen verloren hatten. Sie waren hart und undurchschaubar, aber was hatten sie schon? Turbane, lange Bärte, vom Opium glühende Augen und alte Gewehre. Die Cowboys dagegen hatten Schutzwesten, Nachtsichtgeräte und kauten Kaugummi.

So sah sie Hazrat an dem Tag an sich vorüberziehen, an dem sie in die Stadt kamen.

Die Grauen begriffen zu spät, dass für sie alles verloren war, und räumten hastig das Feld. Doch vorher steckten sie alle Archive in Brand, verminten die Behörden und öffneten die Tore der Gefängnisse. Die leerten sich so rasch, als wäre ein Orkan dort durchgewirbelt oder einer dieser Sandstürme, die manchmal wie eine Schar Dämonen die Flanken der Berge entlangfegten.

So brachte also der Krieg Hazrats Vater zurück nach Hause. Doch vorher suchte sich Pawam Bar Kuol ein Restaurant und ließ sich dort einen Teller Fleischragout mit Pinienkernen bringen, sein Leibgericht. Dann ging er zu Karims Haus. Der war nicht da, aber Hazrat und Große Schwester.

Alle umarmten einander.

So fest sie konnten.

»Wo ist dein Bruder?«

»Der ist mit den Grauen weg«, antwortete Hazrat.

Sein Vater wandte sich nie an Große Schwester, sondern immer an Hazrat.

»Warum das?«

»Er hatte Angst.«

»Und wovor hatte er Angst?«

Hazrat sah ihm direkt in die Augen, die einmal von dieser Magie besessen gewesen waren und jetzt noch größer wirkten.

»Vor dir.«

»Vor mir? Warum sollte er sich denn vor mir fürchten?«

»Weil er dein Vieh verkauft und mit dem Geld die Grauen bezahlt hat, damit sie dich für immer im Gefängnis behalten.«

Pawam sagte leise: »Aber jetzt bin ich draußen.«

»Genau«, erwiderte Hazrat.

Pawam sah das Haus an, das sein Sohn Karim verlassen hatte. Er sah die menschenleeren Straßen, die brennenden Häuser, die Leute, die hinter den Jeeps der Cowboys herliefen.

»Das ist nicht unser Zuhause«, sagte er. »Eine Stadt ist niemandes Zuhause und deshalb verteidigt sie auch niemand. Die Grauen sind geflohen und Karim mit ihnen. Wo sind jetzt die großen Möglichkeiten geblieben, von denen er so viel geredet hat? Und wo ist seine Liebe? Kommt, lasst uns nach Hause gehen.«

Das taten sie.

Zu Fuß gingen sie über die steinige Straße zu ihrem großen Haus am See zurück. In das Haus, das nach dem, was geschehen war, niemand mehr betreten hatte.

Pawam hatte einen Teil seines Geldes jemandem im Dorf übergeben, dem er vertraute, und von dem Geld konnte er für sie alle ein kleines Stück Land kaufen. Und selbst wenn weder die Mutter noch Nazok oder Kleine Schwester bei ihnen waren, war doch alles irgendwie fast so wie früher.

14

Der Schacht

DIE GRAUEN hatten sich nicht ergeben, sie hatten nur beschlossen, sich in den Bergen zu verstecken und von dort aus Überraschungsangriffe auf die Cowboys zu starten, so wie sie es schon immer gemacht hatten, noch bevor die Cowboys gekommen waren. In Afghanistan siegt nie der Stärkere, sondern der, der mehr Ausdauer hat. Zwischen den Steinen läuft eine Ziege besser als ein Rennpferd. Die Cowboys fuhren durch die Stadt und wieder hinaus; und als sich der Staub, den ihre Jeeps aufgewirbelt hatten, legte, kehrte Karim in sein Haus in Mazar-i-Sharif zurück.

Und dann ging er zum Imam.

Diesmal brachte er ihm drei schwarze Hühner und eine junge Ziege als Geschenk.

Und er sagte: »Ich brauche noch einen Zauber.«

»Warum das?«, fragte ihn der Priester. »Ich habe

getan, was du von mir verlangt hast, und das herbeigerufen, was du herbeirufen wolltest. Die Ehe zwischen deinem Vater und Kimkha ist zerbrochen.«

»Die Ehe ist zerbrochen«, erwiderte Karim. »Aber Pawam ist aus dem Gefängnis gekommen und hat sich all sein Geld zurückgeholt. Ich will ihn ein für alle Mal loswerden.«

Der Imam seufzte, aber er nahm die drei schwarzen Hühner und die junge Ziege. Und wenige Tage später wurde Pawam Bar Kuols Laune wieder düster. Er sagte, die Nachbarn würden hinter seinem Rücken tuscheln und dass alle im Dorf ihn schief ansähen. Egal was er tat, er kam nicht wieder ins Geschäft mit den Leuten, und keiner wollte mit ihm zu tun haben. Das war für alle nachvollziehbar, nach dem, was er seiner Familie angetan hatte. Alle konnten das verstehen, außer Pawam Bar Kuol. Abends erschien in seinem Gesicht auf einmal wieder dieses abwesende Lächeln wie in der Nacht, als er zum Messer gegriffen hatte. In seinen großen Augen schienen die Pupillen golden zu glänzen, und Hazrat begriff, dass die Magie wieder von ihm Besitz ergriffen hatte.

»Hazrat«, sagte Große Schwester eines Abends zu ihm. »Ich glaube, Pawam geht es wieder schlecht.«

»Ja«, antwortete Hazrat. »Das glaube ich auch.«

»Und ich denke, wir müssen weg.«

»Ja«, sagte Hazrat. »So schnell wir können.«

»Gut«, seufzte Große Schwester. »Dann gehen wir morgen zurück in die Stadt, zu Karim.«

Hazrat hatte sich jedoch geschworen, dass er nie wieder einen Fuß in das Haus seines Stiefbruders setzen würde. Er wusste, dass Pawam gegen die Kräfte des Bösen ankämpfte, und er wusste auch, dass sein Vater irgendwann in diesem Kampf unterliegen musste, aber Hazrat kam es vor, als ob Karim … ja, als ob Karim ein Teil dieser Kräfte wäre.

Deshalb sagte er: »Wenn das so ist, bleibe ich lieber hier.«

Deshalb blieben sie. Sie hatten jedes Zimmer tausend Mal sauber gemacht, seitdem sie zurückgekehrt waren, doch jeden Tag fanden sie irgendwo noch einen winzigen dunklen Fleck, der an jene Nacht erinnerte.

Am folgenden Abend schlug Pawam Große Schwester, weil sie den Tisch nicht rechtzeitig gedeckt hatte, und nach dem Essen sagte Große Schwester wieder zu Hazrat: »Ich glaube, wir müssen von hier weg.«

»Ja«, sagte er darauf.

»Und wir müssen zu Karim.«

»Nein«, erwiderte Hazrat. »Dann bleibe ich lieber hier in diesem Haus.«

Zwei Abende danach kam Pawam früher als sonst zurück. Er hatte eingekauft und wirkte ruhiger, aber als Hazrat sich hinlegen wollte, sah er, dass Pawam sein langes Jagdmesser schärfte.

»Ich glaube, wir müssen weg«, sagte er zu Großer Schwester.

Und sie zeigte ihm weinend ihre Armstümpfe und sagte: »Du solltest endlich lernen, auf mich zu hören. Wir gehen zu Karim in die Stadt.«

Und diesmal war Hazrat einverstanden.

Sie blieben abwechselnd wach und hielten sich immer bereit, nebeneinander lauschten sie auf jeden Ton, der aus Pawams Zimmer kam. Pawam schlief jedoch die ganze Zeit, am Morgen frühstückte er gut gelaunt und ging zur Arbeit.

»Auf Wiedersehen, Vater«, verabschiedete sich Hazrat von ihm.

»Wir sehen uns heute Abend«, antwortete Pawam.

»Sicher«, sagte Hazrat. »Wir sehen uns heute Abend.«

Denn inzwischen hatte er gelernt zu lügen.

Kaum hatte Pawam das Haus verlassen, rafften Große Schwester und er eilig ihre wenigen Habseligkeiten zusammen und stopften sie in zwei kleine Rucksäcke, einen roten und einen grünen, dann gingen sie zu einem Platz ein wenig außerhalb des Dorfes, wo sich der Sammelpunkt für das gemeinsame Auto befand. Sie stiegen ein, setzten sich auf die Rückbank und vor dem Mittagessen waren sie schon in der Stadt. Ihr älterer Bruder nahm sie auf, als wären sie nie weggegangen, und Karims Frau kochte Reis für sie. Am Nachmittag packte Karim Hazrat plötzlich am Arm und wies ihn an, ihm zu folgen.

»Wo gehen wir hin?«, fragte Hazrat.

»In den Garten«, antwortete sein Bruder.

Hazrat gehorchte und folgte ihm in den Garten bis zu einem Schacht, der mit Zement ausgekleidet und mit einigen Bretten abgedeckt war.

»Siehst du den Schacht dort?«, fragte Karim ihn. »Bei der ersten Gelegenheit töte ich dich und verstecke deine Leiche dort unten, sodass nicht einmal die Polizei der Cowboys dich finden wird, und wir werden endlich ohne dich in Frieden leben.«

Hazrat nickte stumm und sah Karim direkt in die Augen. Sein Bruder meinte es ernst. Er hatte wirklich schon alles geplant und würde nur die erste gute Gelegenheit abwarten.

Hazrat sagte nichts, wie er es gelernt hatte, nicht einmal zu Großer Schwester. Und er wartete ein paar Tage ab. Dann verließ Karim die Stadt, um seine Freunde, die Grauen, aufzusuchen. Seine Frau und Große Schwester gingen zum Markt. Da holte Hazrat seinen grünen Rucksack und ging zur Bushaltestelle.

»Wo willst du hin?«, fragte ihn der Busfahrer.

»Zum Haus meiner Onkel und Tanten an der letzten Haltestelle am anderen Ende der Stadt«, antwortete Hazrat, da das die einzige Adresse war, die er kannte. Deshalb stieg er in Ala Chapan aus und versuchte, sich zu erinnern, wie deren Haus aussah.

Die Onkel waren Brüder seiner Mutter, Hazrat hatte

sie das letzte Mal bei Kimkhas Beerdigung gesehen, aber er wusste, dass sie gute Menschen waren und ihn gernhatten.

Als er dort klopfte, wo er hoffte, dass sie wohnten, merkte er, dass die Tür offen war. Drinnen redeten zwei Männer miteinander. Hazrat ging hinein und blieb in der Tür zu einem Zimmer stehen. Die beiden Männer drehten sich um und sahen ihn an.

»Wer bist du?«, fragte sein Onkel. »Wie bist du in mein Haus gekommen?«

Hazrat brachte kein Wort heraus.

»Mach sofort, dass du wegkommst!«, schrie sein Onkel und erhob sich drohend.

»Ich bin Hazrat, Kimkhas Sohn«, flüsterte der endlich.

Da hielt der Onkel inne und sah ihn zögernd an. Dann schüttelte er den Kopf und ließ die Arme sinken.

»Hazrat!«

Der Onkel umarmte ihn mit Tränen in den Augen.

Dann ging er mit ihm in die Küche, sagte der alten Großmutter, sie solle Tee für Hazrat bereiten, und bot ihm Dattelgebäck an. Schließlich fragte er ihn, warum er gekommen sei. Als auch die Tante nach Hause kam, sagte der Onkel zu Hazrat, er solle seine Geschichte noch einmal erzählen.

»Hazrat«, sagte der Onkel danach. »Ich liebe dich wie einen eigenen Sohn, aber Karim ist das Oberhaupt deiner Familie, und wir dürfen dich ihm nicht wegnehmen.«

Bis zu diesem Moment hatte die Großmutter geschwiegen.

Doch als der Onkel fertig war, sagte sie: »Hazrat wird keinen Fuß mehr in dieses Haus setzen. Er ist hierhergekommen. Und hier wird er bleiben.«

So begriff Hazrat, dass Männer reden und streiten, die Fäuste erheben und schreien können. Dass sie Messer schwingen und Krieg machen, das bereuen und zu Magie greifen können.

Dass am Ende aber doch immer die Frauen die wichtigen Entscheidungen treffen.

Und unter den Frauen immer die Großmütter das letzte Wort haben.

15

Die rechte und die linke Seite

SEINE GROSSMUTTER liebte Hazrat, sie machte für ihn Dattelgebäck, und während sie ihm beim Essen zusah, erzählte sie ihm Geschichten aus ihrer Jugend. Ganz einfache Geschichten, von Hügeln und Seen. Von der Zeit, als die Grauen zum ersten Mal von den Bergen heruntergekommen waren und Großmutter ihre erste Burka erhalten hatte, die ganz schwarz gewesen war und ihre Knöchel bedeckt hatte. Aber auch von dem Mann, der zu einer Salzsäule erstarrt war, um seine Geliebte zu retten. Geschichten von Prinzessinnen und wunderschönen Mädchen, von einem Feldherrn namens Alexander dem Großen, der irgendwo hier in den Hügeln begraben war, und von seinem sagenumwobenen Schatz, von den alten Völkern, die die Geier anbeteten. Sie erzählte ihm, wie man eine Dutar und eine Tanbur spielte, die Tula und die Dhols, und sagte ihm, dass die meisten dieser Instrumente von den Grauen verboten worden waren. Hazrat hörte ihr fasziniert zu, während er das Gebäck aß und dabei lauter Krümel ins Gesicht bekam, und fühlte sich in ihrer Nähe wohl.

Zwei der Onkel aus Ala Chapan spielten die Dambora, die lange afghanische Gitarre, und zwar so gut, dass sie zu Hochzeitsfesten und anderen Feiern der Nachbarn und Freunde eingeladen wurden. In diesem Haus herrschte ein ständiges Kommen und Gehen. Die Onkel waren fünf Brüder, vier davon lebten mit ihren Frauen im selben Haus. Und mit der Großmutter. Es war ein großes Haus, das unter den einzelnen Familien aufgeteilt war, und dazu gehörte auch ein Obstgarten. Außerdem gab es da noch ein Zimmer, das keine Frau, die hier lebte, betreten durfte, nicht einmal zum Saubermachen. Das war die Mehmaan Khana, das Gästezimmer, wo die Onkel sich trafen, um zu singen und zu spielen. Und Haschisch zu rauchen. Nur Hazrat durfte dort hinein: Er bediente die Freunde der Onkel wie ein Kellner und hörte dabei ihren Liedern zu. Von dem Rauch bekam er Kopfschmerzen, doch die Musik war berauschend.

Jeden Morgen stand Hazrat früh auf und half der Tante beim Frühstückmachen, dann brachte er die Kuh vor die Stadt zum Weiden. Es war eine gefährliche Arbeit, da an einigen Stellen noch Minen steckten, die jederzeit explodieren konnten, aber es war auch das Einzige, womit er sich nützlich machen konnte.

Daher holte Hazrat jeden Morgen die Kuh und verließ gemeinsam mit seinen Cousins das Haus, die nach links gingen, zu der Schule, die die Cowboys vor Kurzem in der Stadt aufgemacht hatten, während er die entgegengesetzte Richtung einschlug. Sobald er die Wüste vor der Stadt erreicht hatte, holte er aus seiner Tasche eine Stahlflöte hervor, die ihm sein Onkel geschenkt hatte, nachdem die Großmutter ihn überredet hatte, Hazrat bei sich zu behalten. Und er spielte darauf, obwohl ihm das niemand beigebracht hatte. Die Flöte klang süß und bitter zugleich, und ihr Ton half ihm dabei, über das nachzudenken, was gerade mit ihm passierte. Doch es war keine fröhliche Musik wie im Gästezimmer. Es war eine einsame, traurige Klage, die Hazrat die ganze Zeit auf der Weide begleitete. Wenn es Abend wurde, verbarg er die Flöte in seiner Tasche und kehrte zu den Onkeln zurück.

Schon seltsam, dass man so traurig und so glücklich zur selben Zeit sein konnte.

Eines Tages, nachdem er lange nachgedacht hatte, ging Hazrat zu seinem Onkel und sagte: »Entschuldige, Onkel.«

»Ja, sag schon, Hazrat.«

»Ich habe jeden Tag die Kuh auf die Weide gebracht, so wie du es wolltest, jeden Tag bis zum Sonnenuntergang. Diese Arbeit macht mir Spaß und ich werde sie immer tun, und ich danke dir für das Vertrauen, das du mir schenkst. Doch da gibt es etwas, das ich dich fragen möchte.«

»Ja, sag schon, Hazrat«, wiederholte der Onkel.

»Jeden Morgen gehe ich mit der Kuh nach rechts zu den Weiden. Meine Cousins dagegen gehen nach links, wo die Schule der Cowboys ist. Ich habe mich also gefragt ... Meinst du, dass ich vielleicht auch manchmal dorthin gehen könnte, in die Schule der Cowboys? So wie meine Cousins?«

Der Onkel seufzte. Dann fuhr seine Faust in Hazrats Gesicht und brach ihm die Nase. Hazrat fiel nach hinten, während sein Mund sich mit Blut füllte. Der Onkel gab ihm keine Erklärung, warum er das getan hatte, er ging einfach und ließ ihn am Boden liegen, während der Junge noch zu begreifen versuchte, was er falsch gemacht hatte. Er hatte geglaubt, seine Onkel würden ihn lieben wie einen Sohn, aber vielleicht wurden nicht alle Söhne gleich geliebt. Auf jeden Fall würde er niemals zur Schule der Cowboys gehen.

»Was ist dir denn passiert, Hazrat?«, fragte ihn die Großmutter, als sie ihn sah.

»Ich bin gefallen«, erwiderte er.

Und aß ein Stück Gebäck.

Am nächsten Morgen verließ er wieder mit der Kuh des Onkels am Halfter das Haus und wandte sich nach rechts, während seine Cousins nach links gingen, doch sobald er außer Sicht war, gab er der Kuh einen Klaps auf die Flanke und sagte zu ihr: »Geh zurück nach Hause.«

Dann rannte er atemlos durch die Straßen der Stadt bis zur Bushaltestelle.

»Wohin willst du?«, fragte der Fahrer.

»Zu einem anderen Onkel«, erwiderte Hazrat.

Doch auch der andere Onkel liebte ihn nicht wie einen Sohn, und Hazrat braucht nicht lange, um zu begreifen, dass er besser wieder ging. Er machte sich auf zum Haus eines anderen Onkels, und auch hier sah er sofort, dass es nicht besser laufen würde.

Hazrat begann, seine Verwandten sattzuhaben.

Vielleicht war er inzwischen groß genug, um allein leben zu können.

16

Sharif

SHARIF WAR ein Waisenjunge wie er.

Denn so fühlte sich Hazrat, seit Pawam wieder von der Magie befallen worden war. Aber Sharif war größer, kräftiger und hatte immer saubere Hände. Er hatte eine angenehme Art zu sprechen, die Hazrat Sicherheit vermittelte.

»Erzähl mir deine Geschichte«, sagte Sharif, und nachdem Hazrat sie erzählt hatte, schüttelte er nur den Kopf und sagte: »Du hast recht, es ist besser, wenn du von nun an allein lebst. Es ist an der Zeit, dass du deinen eigenen Weg gehst.«

Hazrat sah aber keinen Weg, den er gehen konnte, und blieb daher auf der Treppe vor dem Haus sitzen.

Sharif sagte schließlich: »Ich arbeite in einer Bäckerei. Ich bin sicher, dass der Eigentümer dich gern als Gehilfen einstellen wird.«

Der Besitzer der Bäckerei musterte ihn aufmerksam und fragte ihn dann: »Kannst du rechnen? Bist du zur Schule gegangen?«

»Ja«, antwortete Hazrat. Zum einen, weil er inzwischen sehr gut zu lügen gelernt hatte, zum anderen, weil er wirklich rechnen konnte.

»Dann kannst du Kassierer werden«, sagte der Besitzer der Bäckerei. »Aber versuch gar nicht erst, mit den Münzen etwas Dummes zu machen, sonst wirst du schon sehen.«

Hazrat hatte überhaupt nicht vor, etwas zu sehen oder etwas Dummes zu machen, und stellte fest, dass er gern Kassierer war. Man musste auf Zack sein und schnell rechnen können und er beherrschte beides. Sein Verstand kam richtig auf Touren. Weil er nicht versuchte, auch nur die geringste Münze zu unterschlagen, schloss der Besitzer der Bäckerei ihn ins Herz und bezahlte ihn bald besser. Und in der Nacht durften Hazrat und Sharif neben dem warmen Ofen in der Bäckerei schlafen.

Aber je länger der Krieg dauerte, desto teurer wurde das Mehl, außerdem war es schwierig zu beschaffen, so wie alles andere auch. Die Bewohner der Stadt hatten immer weniger Geld zur Verfügung und die Zahl der Kunden nahm ab.

Schließlich nahm der Besitzer der Bäckerei Hazrat beiseite und sagte: »Es tut mir leid, du bist ein kluger

Junge, aber es gibt hier keine Arbeit mehr für dich. Du musst gehen.«

»Und wohin soll ich gehen?«, fragte Hazrat.

Der Besitzer der Bäckerei dachte einen Moment nach, dann sagte er: »Ich kenne einen Händler mit einem Obstkarren, der ein guter Mensch ist. Vielleicht braucht der ja einen Gehilfen.«

So wurde Hazrat ambulanter Obsthändler und lernte, auf den Großmärkten das richtige Obst auszuwählen und wie man eine reife Melone an der Farbe der Schale erkannte. Er lud die Waren auf seinen Handkarren und zog damit durch die Straßen der Stadt. Während er den Karren zog und Schlaglöchern und den Jeeps der Cowboys auswich, dachte Hazrat nach. Eigentlich hatte er keine Familie mehr. Durch die Arbeit als ambulanter Händler konnte er überleben, aber sie bot ihm keine großartigen Zukunftsaussichten. Ihm kam es so vor, als hätte ihm die Welt, in der er lebte, den Rücken gekehrt. Zuerst das Dorf. Und nun auch die Stadt.

Gut, die Grauen waren fort. Vielleicht. Aber die Cowboys, die stattdessen gekommen waren, schienen nicht viel besser zu sein. Hazrat wusste nicht, wie ihre Schulen waren, aber ihre tropfenförmigen Brillen glänzten nicht mehr so wie früher und ihre neuen Stiefel waren inzwischen staubig geworden. Nur die Berge und die steinigen Wege darauf schienen noch genauso unüberwindlich und abweisend zu sein wie immer.

Hazrat wäre gern fortgegangen. Aber nicht fort von der Stadt, sondern fort von allem. Er wäre gerne gelaufen, geflogen, hätte liebend gern alles hinter sich gelassen. Alles.

Aber das war unmöglich mit diesem Handkarren voller Obst. Dinge halten dich fest. Alle Dinge.

»Ich brauche keine Dinge«, sagte er sich.

Er brauchte jemanden.

17

Meine erste Reise

HAZRAT KANNTE einen Mann, der einen Mann kannte, der wiederum einen Mann kannte. Der illegale Reisen organisierte. Er verabredete sich mit ihm und erschien zu dem Treffen mit einem Sack, in dem seine Kleidung untergebracht war, und all dem Geld, das er verdient hatte und das er nun in einem Umschlag unter seinem Gewand versteckt hatte.

»Du möchtest also nach Pakistan?«, fragte ihn der Mann, der die Reisen organisierte. »Das geht nicht. Du bist noch ein Kind.«

»Ich sehe aus wie ein Kind, aber ich bin keines mehr«, sagte Hazrat. »Ich arbeite hart, und ich habe das Geld, um die Reise zu bezahlen. Nimm mich mit.«

»Du bist noch ein Kind.«

»Dann stell mich auf die Probe«, antwortete Hazrat.

Etwas in seinen Augen – oder in seinen Salznarben –

hatte wohl in dem Reisemann einen Zweifel geweckt. Er nahm die Brille ab, bei der ein Glas einen Sprung hatte, bog das Drahtgestell zurecht, kratzte sich am weiß durchzogenen Bart und sagte schließlich: »Morgen Abend um sechs, am Zedernplatz. Wenn du zu spät kommst, fahren wir ohne dich ab.«

Hazrat kam nicht zu spät. Er war Punkt sechs Uhr am Zedernplatz. Dort wartete ein Kleinbus auf ihn, der in einem noch schlechteren Zustand war als das Auto des Dorfes, er hatte keine Kotflügel mehr und die Seitenfenster waren zerbrochen. Am Steuer saß ein Araber mit gelben Augen und gelb verfärbten Zähnen. Vor der verrosteten Tür des Kleinbusses standen in einer Reihe etwa zwanzig Leute. Nur Männer. Männer mittleren Alters, Alte und vier Jugendliche.

Der Reisemann sammelte von allen Passagieren das Geld ein und knurrte ihnen einige Anweisungen zu. Sie entgegneten nichts. Und dann fuhren sie los.

In dem Kleinbus roch es nach Schweiß und Benzin, und als sie in die Berge kamen, wurde es so kalt, dass Hazrat seine gesamte Kleidung aus dem Sack holte und sie anzog. Spät in der Nacht kamen sie in eine große Stadt, die ganz im Dunkeln lag und in der tiefe Stille herrschte. Am Horizont sah man die Sterne und unendlich viele Spuren von Leuchtgeschossen.

»Wo sind wir?«, fragte Hazrat den alten Mann, der neben ihm saß.

»In Kabul«, erwiderte dieser.

»Und warum ist es so dunkel?«

»Die Cowboys haben den Strom abgedreht. Sie haben Angst vor den Grauen …«

»… und zwar zu Recht«, murmelte ein anderer Mitfahrer halblaut vor sich hin.

Alle lachten und machten es sich so gut wie möglich auf den ausgeleierten Sitzen bequem. Hazrat betrachtete die Hauptstadt, in der es keinen Strom gab, und dachte, dass die Cowboys Angst vor den Grauen hatten und die Grauen Angst vor den Cowboys. Was dazu führte, dass all die anderen Menschen im Dunklen saßen. Und ihm war bitterkalt.

Der Kleinbus verließ die dunkle Stadt und schraubte sich wieder auf unbefestigten Straßen in die Höhe, die so schmal waren, dass man hören konnte, wie die Felsen an der Karosserie entlangschrammten. Der Motor ächzte unter der Steigung und der Araber fluchte in seiner Sprache und legte ruckartig immer noch einen niedrigeren Gang ein. Niemand kam ihnen entgegen, und sie fuhren so weit nach oben, dass bei der nächsten Pinkelpause der Himmel über ihnen so klar war, dass Hazrat gleichsam nur die Zunge herauszustrecken brauchte, um den Geschmack der Sterne zu spüren.

Er döste ein, in den Schlaf gewiegt von dem Höllenlärm des Fahrzeugs. Und als er erwachte, war es Morgen und sie waren in Dschalalabad.

»Frühstück«, sagte der Fahrer und ging in ein Gasthaus.

Drinnen stand ein riesiger Koch mit blutbespritzter Schürze und auf einem Tisch lagen ein paar verwaiste Kalaschnikows herum. Der Anblick dieser Waffen ließ ihren Aufenthalt sehr, sehr kurz ausfallen. Hazrat trank eine schwarze, starke Brühe, die wie ein glühender Dämon in seinen Magen fuhr.

Sie fuhren auf einer größeren Straße weiter, der ersten Autobahn, die Hazrat je zu Gesicht bekommen hatte. Und wieder ging es Richtung Berge. Außer ihnen waren offene, mit Waren beladene Lieferwagen unterwegs und Militärlaster voller Soldaten, die sie hupend überholten. Immer wieder lagen Felsbrocken auf der Straße, die vor den liegen gebliebenen Autos warnten. Jeder hier auf dieser Autobahn wollte zur Grenze.

Die Grenze war bloß eine Linie aus Stacheldraht, und es gab nur einen einzigen Grenzposten mit starren Antennen, die das Nichts empfingen. Ein Soldat, dem eine russische Zigarette zwischen den Lippen hing, forderte den Fahrer auf, ihm die Papiere der Fahrgäste zu zeigen.

»Hier, bitte sehr«, erwiderte der Fahrer und drückte ihm eine Rolle Geldscheine in die Hand.

»Sie sind alle in Ordnung«, antwortete der Soldat lächelnd und ließ die Asche in den Innenraum des Busses fallen. »Ihr könnt weiterfahren.«

Und so reiste Hazrat in Pakistan ein.

18

Die Grenze

ETWAS WAR merkwürdig an diesem Bus. Etwas, das man nicht begreifen, nicht in Worte fassen konnte, aber irgendwie fühlte Hazrat sich unwohl. Als der Reisemann akzeptiert hatte, ihn mitzunehmen, hatte er ihm versprochen, ihn nach Pakistan zu bringen und ihm dort eine Arbeit zu besorgen, aber seine Mitfahrer, die eng aneinandergedrängt im Bus saßen, wirkten einfach nicht wie Arbeiter, die einem neuen Job in einer Fabrik entgegensahen.

Die Hände. Seine Mutter Kimkha hatte immer gesagt, dass man an den Händen sehen konnte, wer jemand war, wo er herkam und was seine Bestimmung war. Hazrat wusste nicht, ob das stimmte (und wer hätte sich angesichts der schönen Hände von Kimkha schon vorstellen können, was ihr einmal zustoßen würde?), aber einige seiner Mitreisenden hatten ganz glatte Hände, ohne Schwielen oder Verletzungen. Andere sahen aus wie Krieger, ihre Gesichter waren von Narben überzogen, die bestimmt nicht von Insektenstichen stammten, sondern von Messern. Besonders einer war ihm aufgefallen, groß und hager, der immer vorn in der ersten Reihe neben dem Reisemann saß, und der wirkte wie ein Geistlicher. Er hielt die ganze Zeit den Koran umklammert, und wenn es Zeit für die Gebete war, forderte er den Fahrer zum Anhalten auf und sprach die Gebete vor. Als ob er ein Imam wäre.

Hazrat hielt sich für einen guten Moslem und hatte schon öfter gedacht, dass er gern Geistlicher werden würde. Aber seine Mutter und der Lehrer in der Koranschule von Mazar-i-Sharif hatten ihm beigebracht, dass man Gott am besten ehrte, indem man die Welt, die Er für uns bereitet hat, erkundete und kennenlernte. Gott ist Frieden, hatte seine Mutter immer gesagt, doch seine Mitreisenden sahen überhaupt nicht danach aus, als ob sie Frieden empfänden. Weder gegenüber den anderen Afghanen, noch gegenüber den Cowboys oder deren Freunden. Sie nährten einen tiefen, verächtlichen Hass, den Hazrat sich nicht erklären konnte. Deshalb ging er, nachdem sie die Grenze überquert hatten, während eines Halts zu einem Jungen mit Segelohren. Er war nach Hazrat wohl der Jüngste der Gruppe und hatte seit ihrer Abreise kein einziges Wort gesagt.

»Weißt du, was das für Leute sind?«, fragte Hazrat.

Der Junge mit den Segelohren zuckte mit den Achseln. »Nein. Aber es sind gute Moslems.«

»Und weißt du, wo sie uns hinbringen?«

»Zu jemandem, der Leuten wie uns hilft«, erwiderte der Junge.

Er zögerte kurz, dann fügte er noch hinzu: »Sie werden uns auf die Schule schicken.«

Hazrat hatte plötzlich einen ganz trockenen Mund. Auf die Schule, dachte er. Er war noch nie auf einer echten Schule gewesen, zumindest nicht lange genug, um wirklich etwas zu lernen. Karim hatte ihn aus der Koranschule genommen und ihn geschlagen, sein Onkel hatte ihn daran gehindert, zur Schule der Cowboys zu gehen, und ihn geschlagen. Und dennoch übte dieses Wort »Schule« auf ihn einen unwiderstehlichen Reiz aus.

Ein Ort, wo es Lehrer gab und Schüler und wo der Verstand mit Zahlen und Wörtern gefordert war.

»Eine Schule? Für uns alle?«, fragte er den Jungen mit den Segelohren. »Der Reisemann hatte mir eine Arbeit versprochen. Arbeit, keine Schule.«

»Es sind gute Moslems«, sagte der Junge wieder. »Gute Moslems, die den Koran unterrichten. Und sie werden uns auch alles andere beibringen.«

»Und was ist alles andere?«

»Das ist etwas, das wir nicht begreifen können«,

sagte der Junge mit den Segelohren. »Weil wir nie zur Schule gegangen sind. Und wenn wir dort nicht hingehen, werden wir dumm sterben.«

Hazrat hatte sich nie für dumm gehalten. Aber er hatte schon oft gedacht, dass er sterben würde.

»Hast du schon mal übers Paradies nachgedacht?«, fragte er den Jungen.

»Na klar habe ich das.«

»Und was hast du gedacht? Was ist wohl das Paradies deiner Meinung nach?«

»Wasser«, sagte der Junge mit den Segelohren. »Und was zu essen.«

Für Hazrat musste es ein Ort voller Bücher sein. Und voller Schulen. Wo es ganz viele Lehrer gab wie in Mazar-i-Sharif. Und vielleicht auch Mandelgebäck, so wie es seine Großmutter machte. »Dann werden wir also zur Schule gehen«, sagte er nachdenklich. »Ich weiß nicht, ob das so gut ist.«

»Red keinen Unsinn«, sagte der Junge mit den Segelohren vorwurfsvoll. »Das ist ganz sicher gut. Selbst wenn es dir Angst macht.«

Verwirrt kehrte Hazrat an seinen Platz zurück, aber in seinem Kopf hörte er nur eine warnende Stimme, die ihn aufforderte, auf der Hut zu sein. Das Leben hatte ihn gelehrt, dass es niemals etwas umsonst gab, und ganz bestimmt nicht für ihn, für Hazrat.

Es sind gute Moslems, sagte er sich.

Hazrat war selbst ein guter Moslem und doch konnte er das alles nicht verstehen. So begriff er zum Beispiel nicht, warum ein Bus voller guter Moslems als einziges Gepäckstück eine bedrohlich aussehende Holzkiste dabeihatte.

An der Grenze hatte der Soldat diese Kiste keines Blickes gewürdigt, aber als nun um sie herum nur noch die Stille der Berge herrschte, die einzig durch die tausend kreischenden Geräusche des Busses und das Keuchen des Motors durchbrochen wurde, kam es Hazrat so vor, als könne er in dieser Kiste etwas klirren hören, so wie wenn viele Gewehrläufe gegeneinanderstießen.

19

Der Reisemann

HAZRAT HATTE gedacht, sobald sie in Pakistan ankämen, würden sie unverzüglich Richtung Islamabad fahren, auf einer dieser Straßen, die so schwarz glänzten wie das Haar seiner Mutter Kimkha, und über Asphalt, der nach warmem Teer roch.

Doch der Bus verließ ziemlich schnell die größeren Straßen und fuhr wieder hinauf ins Gebirge, wo die Reifen über unbefestigte Straßen schlitterten und die Steinchen wie Gewehrkugelsalven hochschleuderten.

»Ich verstehe das nicht«, sagte Hazrat, nachdem sie einige Stunden unterwegs waren. »Wohin fahren wir?«

»Hör auf, dir Sorgen zu machen«, erwiderte der Junge mit den Segelohren. »Ganz ruhig, es wird alles gut.«

»Ich will doch nur wissen, wo wir hinfahren …«

»Hör auf, dir Sorgen zu machen. Siehst du hier sonst noch jemanden, der sich Sorgen macht?«

Hazrat sah drei Jugendliche und etliche Erwachsene, die grimmig dreinsahen. Er sah keine Arbeiter, aber er sah auch keine Schüler.

»Kann mir jemand sagen, wohin wir fahren?«, fragte er laut in den Bus hinein.

Der Reisemann drehte sich um und sah ihn an.

»Hast du ein Problem, Hazrat?«

»Ja! Ich …«

Ein rüder Ellenbogenstoß brachte ihn zum Schweigen. Und plötzlich sah er das Gesicht eines der anderen Jugendlichen direkt vor sich. »Du willst wissen, was wir machen werden?«, fragte er ihn. »Dann erklär ich dir das mal. Wir vier werden zur Schule gehen. Während die anderen sich gleich an die Arbeit machen.«

»An die Arbeit?«

»Der Mann da vorn in der ersten Reihe neben dem Reisemann, der ist schon bereit.«

»Bereit?«

»Du dagegen …«

Hazrat wusste schon, was nun folgen würde.

»Du solltest besser nicht zu viele Fragen stellen.«

Wie immer. Schweigen und gehorchen. Schweigen und gehorchen.

Bis man dich in einen Schacht werfen will. Oder die Magie ihren Blutzoll einfordert. Oder das Mehl ausgeht und du wieder weiterziehen musst.

Schweigen und gehorchen, während der Bus sich

zwischen den Felsen vorwärtskämpfte, die Stoßdämpfer so sehr ächzten, als wollten sie gleich entzweigehen, und die Straße sich über Gebirgspässe schlängelte, bis sie in einem Tal verschwand, das so tief und so eiskalt war, dass es noch nie einen Sonnenstrahl gesehen hatte.

Schließlich hielt der Busfahrer mit den gelben Augen vor dem Eingang zu einer Höhle und machte den Motor aus.

»Wir sind da«, sagte der Reisemann.

»Wo da?«, fragte Hazrat.

»In der Madrasa, der Koranschule«, erwiderte der Reisemann und ließ sie alle aussteigen.

»Ich sehe nur eine Höhle«, sagte Hazrat.

»Du stellst zu viele Fragen«, zischte der Junge mit den Segelohren.

Sie vertraten sich die Beine, dann erklärte ihnen der Reisemann, dass sie von hier zu Fuß weiterlaufen müssten. Sie luden aus dem Bus nicht nur eine, sondern drei Holzkisten aus.

»Die müssen wir tragen«, sagte der Reisemann.

Hazrat war inzwischen sicher, dass der Mann, der jemanden kannte, der jemanden kannte, ihn in einen Haufen Schwierigkeiten gebracht hatte. Riesige Schwierigkeiten. Vollkommen wahnwitzige Schwierigkeiten. Und das Gefühl von drohender Gefahr bedrückte ihn inzwischen so stark, dass es in seinem Kopf schrillte wie Fliegeralarm. Allerdings wusste er auch, dass es nun zu spät zum Umkehren war. Was konnte er schon tun, etwa allein über diese Berge flüchten? Welche Berge waren es überhaupt? Und wohin sollte er gehen?

Die Jüngeren teilten sich die Kisten auf.

Sie waren so schwer und klirrten so laut, als ob sie tatsächlich randvoll mit Gewehren gefüllt wären. Hazrat und der Junge mit den Segelohren mussten auch eine tragen. Dann schlugen sie den ersten Pfad ein, und selbst als es dunkel wurde, führte der Reisemann sie weiter und leuchtete ihnen mit einer kleinen Taschenlampe voraus.

Immer wieder tauchte ein Schatten zwischen den Felsen auf und schrie ein Kennwort, und der Reisemann antwortete mit einem anderen Kennwort.

»Was geht hier vor?«, fragte Hazrat leise.

»Hör endlich mit deiner Fragerei auf«, erwiderte der Junge mit den Segelohren. »Oder sie erschießen dich.«

Doch auch er wirkte jetzt nicht mehr ganz so selbstsicher.

Sie liefen die ganze Nacht durch die steil aufragenden, wilden Berge, bis sie bei Tagesanbruch völlig erschöpft an einer Wegsperre ankamen. Der Pfad wurde von einem doppelten Stacheldrahtzaun versperrt und von zwei bewaffneten Soldaten überwacht.

Ein letztes Mal wurden die Kennworte gewechselt, dann ließen die Soldaten sie durch.

»Willkommen in der Madrasa«, sagte jetzt der Reisemann. »Lasst die Kisten hier stehen.«

Die Männer lächelten, auch sie waren sehr erschöpft.

Hazrat dagegen lächelte nicht und er sagte auch nichts.

Zum einen, weil sich Splitter von der grob gezimmerten Kiste in seine Hände gebohrt hatten, sodass diese bluteten. Zum anderen, weil er die Soldaten erkannt hatte, die den Eingang bewachten. Sie hatten ganz lange Bärte und gerötete Augen, lange Gewänder und hohe Turbane.

Er kannte sie leider nur zu gut.

Das waren die Grauen.

20

Die Schule der Grauen

21

Meine Flucht

HAZRAT HOB die Plane des Lkws, sah nach unten und ließ sich nach draußen auf die Straße fallen. Er rollte sich über das feuchte Gras am Straßenrand ab, während der Transporter scheppernd in der Nacht verschwand.

Hazrat blieb starr auf dem Boden liegen. Er sah nichts, er spürte nichts, er hörte nichts. Er konnte kaum denken.

Aber er hatte es geschafft. Er war geflohen. Ohne irgendetwas mitzunehmen. Selbst seinen Kleidersack hatte er nicht mehr dabei. Er lutschte am Gras, auf dem er lag, da er seit mehr als vierundzwanzig Stunden nichts gegessen und getrunken hatte, und eigentlich konnte er sich nicht mehr auf den Beinen halten.

Aber er war aus der Schule entkommen.

Und noch am Leben.

Die Zeit verstrich.

Dann begann es zu regnen und Hazrat begann zu denken. Er hatte nicht einmal seinen Kleidersack dabei. Er streckte sich am Straßenrand aus und trank den Regen mit offenem Mund, ließ sich von ihm die Zunge streicheln, die trocken wie ein Stein war. Es regnete, oder vielleicht waren es auch Tränen, und Hazrat hatte nicht einmal seinen Kleidersack dabei. Aber er hatte fliehen können. Endlich. Nach all den Monaten.

Er fand die Kraft zu lächeln. Dann lachte er laut. Und gleich darauf bedauerte er es.

Er kniete sich auf das Gras, suchte Westen und betete. Er dankte Gott dafür, dass er ihm geholfen hatte, aus der Schule zu fliehen, und schwor, dass er niemals, mit niemandem über das reden würde, was dort drinnen geschehen war, nicht einmal mit sich selbst. Denn in der Koranschule hatte Hazrat viele wichtige Dinge gelernt. Er hatte gelernt, dass nicht alle Schulen gleich sind. Und dass nicht alle einem die Freiheit lassen, mit dem eigenen Kopf zu denken. Nicht alle Schulen vergrößern das eigene Wissen über die Welt. Nicht alle Schulen wollen einem helfen, sich zu verbessern und erwachsen zu werden.

Nicht alle.

Aber wenn es Schulen wie diese gab, dann sollte man besser nicht darüber sprechen. Man sollte lieber verhindern, dass sie sich Schulen nennen durften. Kein Wort. Keine Geschichte. Nichts, das wiederholt werden konnte. Wenn alle so handeln würden wie er, dann würden diese anderen Schulen vergessen werden. Denn alle Dinge, über die man spricht, werden früher oder später wirklich sein. Die Dinge, die man nicht erzählt, werden früher oder später verschwinden.

Und außerdem kann man nicht alle Dinge erzählen.

Nicht.

Ohne.

Zu.

Zerbrechen.

Und Hazrat wollte nicht zerbrechen. Auf gar keinen Fall. Nein, er wollte sich wieder erheben. Und von vorn beginnen, wo er stehen geblieben war, auf dem Weg nach Islamabad. Er war nicht auf der Suche nach einer besonderen Mission. Er wollte kein Paradies. Nur eine Arbeit. Eine Arbeit, wo man ihn nicht verprügelte und wo man ihm nicht vorschrieb, was er sagen, tun und denken sollte. Eben etwas ganz Normales, vielleicht.

Schwankend stand er auf und versuchte, sich nach den vielen Stunden, die er sich im Lkw versteckt hatte, auf den Beinen zu halten. Dann lief er los. Er sagte sich bei jedem Schritt, dass er jetzt noch einen gehen würde. Und mit jedem Schritt löschte er die Erinnerung an seine letzten Monate aus. An die Höhlen, die Berge, die Flugzeuge, die im Tiefflug darüber gedonnert waren, die Gebete, die Gesänge, den herben Geruch der

Gewehre. Den dumpfen Klang der Geschosse. Mit jedem Schritt Richtung Islamabad fiel es ihm schwerer, zu unterscheiden, welche dieser Erinnerungen wirklich und welche nur schreckliche Albträume waren. Er erinnerte sich an die Sterne. An die Ziegen. An die Laster, die abfuhren. An die Transporter, die eintrafen. An den Jungen mit den Segelohren. An den Araber mit den gelben Augen, der wieder zurückgefahren war, wohl um weitere Schüler zu suchen. An seine Lust, von dort zu verschwinden. An die Worte, die nicht in seinen Kopf wollten. An die Gedanken, die zu denken er nicht gezwungen werden wollte. Er erinnerte sich an das Schaukeln des Lastwagens, in den er heimlich geklettert war. An das Stroh, das ihm ins Gesicht stach. An den Geruch der Zigaretten. Er erinnerte sich an all das und lief, um es zu vergessen.

Ganz allmählich gelang es ihm auch. Er ging einen Schritt nach dem anderen, bis er endlich die Lichter der großen Stadt sah. Sie erstreckten sich, soweit das Auge reichte, wie ein See. Sie funkelten in der Dunkelheit. Sie zitterten. Genau wie er. In Islamabad gab es so viele Lichter, dass es ihm in den Augen wehtat.

Er irrte durch die Außenbezirke wie ein Geist und wich den unbekannten Stimmen aus, sobald er sie hörte, denn er fürchtete ihr Gelächter ebenso wie ihr leises Geflüster. Sie sprachen eine geheimnisvolle Sprache, die er nicht kannte. Schließlich brach er erschöpft in der Ruine eines verlassenen Hauses zusammen. Zum ersten Mal hatte er keine Angst, in einer Stadt zu sein. Sogar das Quieken der Mäuse kam ihm freundlich vor.

Er lächelte.

Und er dachte, dass er ja aus dem Bus des Reisemanns gerollt sein könnte, als sie auf dem Weg nach Islamabad waren. Vielleicht war er ja dort ohne seinen Reisesack herausgerollt. Und er hatte einige Monate gebraucht, ehe er den Weg wiedergefunden hatte.

Wer würde es erfahren?

Wer außer ihm wusste, dass er am Leben war?

Und wem konnte das etwas bedeuten?

Mir bedeutet es etwas, dachte Hazrat, bevor er einschlief. Für mich ist es wichtig. Für mich. Für mich.

Und er träumte von Großer Schwester.

Er schrak aus dem Schlaf, als er die entfernte Hupe eines Autos hörte, weil er Angst hatte, es wären die Lehrer, die gekommen waren, um ihn zu holen.

Aber nein, nein. Er war allein.

In Sicherheit.

Zumindest für eine Weile.

22

Die Ziegelsteine von Islamabad

ISLAMABAD BRACHTE ihn zum Staunen: Es gab neue Autos und Bürgersteige, die von Straßenlaternen gesäumt wurden, Wolkenkratzer aus Stahl und Glas, die so glänzten, dass sie unecht wirkten, und gut gekleidete Menschen, die wichtig aussahen. Hier lagen keine Leichen in den Straßen und an den Straßenecken standen auch keine bewaffneten Wachposten mit Zigaretten im Mund. Es kam Hazrat vor, als wäre er in eine andere Welt geschleudert worden, so fern von Afghanistan und dem, was er bis dahin kennengelernt hatte, dass er bloß mit offenem Mund alles staunend betrachten konnte. An diesen Ort hätte ihn der Reisemann bringen sollen!

Hazrat sah sich um, er hatte die Nase nach oben

gereckt und sog die Luft ein, die so anders war als das, was er kannte. Am unglaublichsten schien ihm, dass es nicht nach Krieg roch. Dieser Geruch, den Hazrat immer für normal gehalten hatte und der für ihn zur Welt gehörte, fehlte hier einfach. In Islamabad roch es nach gefärbten Stoffen und gegerbtem Leder, nach frisch gepressten Säften mit Zuckerrohr oder frittiertem Gemüse von den Imbissständen, es roch nach Autoabgasen und in der Sonne vergammelndem Plastik.

Er lief durch die Gassen des Marktes oder im Schatten der Wolkenkratzer und verbrachte Stunden damit, sich alles anzuschauen. Den ganzen Tag aß er nichts außer ein paar Früchten, die er einem Händler gestohlen hatte, und einem frittierten Fisch, der aus der Pfanne eines Imbissstandes gefallen war. Er lachte. Er sah zum ersten Mal ein Kricketfeld und die weiß gekleideten Spieler. Er sah Häuser mit roten Dächern.

Und er dachte, dass ihm diese Stadt gefiel.

Aber er war sich nicht sicher, ob er der Stadt gefallen würde.

Hazrat war hungrig und sehr schmutzig und er kannte nur wenige Worte auf Urdu. Jetzt brauchte er jemanden, der ihm half, hier zu überleben. Irgendeinen Kontaktmann. Einen Freund. Er ließ die Wolkenkratzer hinter sich und ging in das Viertel, wo die Fabriken waren und zwischen heruntergekommenen Lagerhallen und offenen Gruben die Hütten der Arbeiter standen. Er suchte sich eine Fabrik mit Schornsteinen aus, die schwarzen Rauch ausspuckten, hockte sich an den Ausgang und wartete. Still lauschte er den Unterhaltungen der herauskommenden Arbeiter, bis er überrascht bei ein paar von ihnen den Dialekt seiner Heimat erkannte.

Da nahm er all seinen Mut zusammen, ging auf die Männer zu und fragte: »Seid ihr Afghanen wie ich?«

»Das sind wir, wir kommen aus Mazar-i-Sharif«, antwortete einer.

Hazrat spürte, wie ihm ein Stein vom Herzen fiel. Und er schöpfte wieder ein bisschen Hoffnung.

»Ich bin aus …«, und dann nannte er den Namen seines Heimatdorfes. Einer der Männer starrte ihn überrascht an. Aber sicher, er kannte ihn.

»Und was machst du hier?«

»Ich bin weggelaufen«, erwiderte Hazrat. »Und ihr? Arbeitet ihr dort?«

»Ja«, sagten die Männer. »Wir machen Ziegelsteine.«

Ziegelsteine.

Hazrat überlegte nicht lange. »Meint ihr, ich könnte dort auch arbeiten?«

Die Männer lachten laut und fragten ihn, wie alt er denn sei. Hazrat wusste es nicht. Wahrscheinlich zwölf. Oder ein Jahr älter. Sie sagten ihm, dass er noch ein Kind sei.

Aber nicht alle Kinder sind gleich. Einige in dem

Alter können schon Opern komponieren. Andere langweilen sich bloß. Und wieder andere töten.

Hazrat hatte starke Hände und noch eindringlichere Augen. Und er hatte Hunger. Er ließ nicht locker und folgte den Männern, bis sie schließlich nachgaben, ihm etwas zu essen anboten und versprachen, ihn dem Besitzer der Fabrik vorzustellen.

»Aber fragen musst du ihn schon selbst, wenn du dich traust.«

Und Hazrat traute sich.

Er arbeitete in einer Halle, deren Boden aus gestampfter Erde bestand, an langen, feuchten Tischen, während große Öfen unter heftigem Fauchen die Luft so erhitzten, dass man die Augen kaum offen halten konnte. Der Ton der Ziegelsteine war glühend heiß, und man verbrannte sich fast sofort die Hände daran, wenn man ihn berührte. Aber dann wuchs die Haut nach und die Wunden verschwanden. Wie bei den Gefühlen.

Hazrats Schicht ging von vier Uhr morgens bis Mitternacht, mit vier Pausen. Für je tausend Ziegelsteine, die er in den Ofen schob, zahlte ihm der Fabrikbesitzer 250 pakistanische Rupien.

Hazrat beklagte sich niemals. Die Hitze nahm einem den Atem und die Arbeit war hart, aber wenigstens gab es niemanden, der ihn umbringen und seine Leiche in einem Schacht verstecken wollte. Oder ihn mit

Magie belegen wollte. Oder sich in die Luft sprengen wollte, um ins Paradies zu kommen. Es gab hier keine Grauen mit ihrem Gesetz aus Stein, das sie zwang, mit versteinertem Herzen zwischen Steinen zu leben. Es gab keine Cowboys mit ihren tropfenförmigen Brillen. Es gab nur Ton. Wasser. Und Feuer.

Und Männer, die den Dialekt seiner Heimat sprachen.

Freitags blieb die Fabrik geschlossen, und Hazrat konnte mit den anderen durch Islamabad schlendern, sich das köstlichste Obst kaufen, das er jemals gegessen hatte, und vor allem mit ihnen zusammen in einem Restaurant sitzen und essen. Er liebte die scharfen Fleischgerichte und den mit *guor* gesüßten Tee, der so samtig schmeckte, dass ihm das Herz aufging. Sie sprachen über Afghanistan, und in ihren Erzählungen erschien es auf einmal so schön, wie es dort niemals gewesen war. Das, was man erzählt, existiert wirklich. Und während sie darüber sprachen und einander auslachten, wurden ihre Erzählungen immer schöner. Dazu gab es das beste Brot, das er jemals gegessen hatte, dünn und knusprig wie die Luft, die den Himmel davon abhielt, auf sie zu fallen.

Hazrat arbeitete in der Ziegelsteinfabrik und wurde immer kräftiger. In den Ziegelöfen verbrannten seine dunkelsten Erinnerungen und verschwanden allmählich und seine Augen begannen wieder zu leuchten.

Das war die große Kraft des Feuers. Indem es verzehrte, erweckte es zum Leben.

Er fühlte sich so glücklich wie noch nie in seinem Leben.

Und er fragte sich, wann und wie dieses Glück ihn wohl verlassen würde.

23

Der Sturm, der mich zurück nach Hause brachte

EINIGE MONATE darauf begann es zu regnen.

Es war spät am Nachmittag, kurz vor Sonnenuntergang, und in der Fabrik war nicht mehr so viel los. Nur noch ein paar Stunden, dann wäre die Schicht zu Ende. Doch plötzlich zerriss ein greller Blitz den Himmel, und es donnerte so laut, dass alle Fensterscheiben erzitterten.

Der Mann neben Hazrat verließ seinen Arbeitsplatz, um zu sehen, was passiert war. Was gegen die Regeln war.

Er ging ans Eingangstor, schaute nach draußen und schrie dann los: »Kommt und schaut! Schnell! Kommt her!«

Was *absolut* gegen die Regeln war.

Aber alle gingen hinaus, um nachzusehen. Der Himmel hatte die Farbe von bräunlichem Stahl angenommen und die Luft war kalt und elektrisch geladen, es war stockdunkel. Die Straße vor der Fabrik hatte sich in einen matschigen Morast verwandelt.

Und das Wasser drohte, jeden Moment in die Fabrik zu strömen.

»Seht nur, wie viel Wasser! Und der Himmel, schaut euch bloß die Wolken an!«, sagte der Mann besorgt. »Gehen wir nach Hause, solange wir noch können.«

Einige protestierten, es sei doch verrückt, wegen so ein bisschen Regen nach Hause zu gehen. Sie wollten ihre Arbeit nicht verlieren. Aber andere wandten ein, dass der Himmel noch nie so dunkel und bedrohlich gewesen sei. Und dass es noch nie so viel geregnet hätte. Sie sagten, es sei vernünftig zu gehen und der Fabrikbesitzer würde das verstehen. Und außerdem, wenn alle nach Hause gingen, wie könnte er sie dann entlassen? Sie stritten und redeten eine halbe Stunde lang und währenddessen stieg das Wasser immer höher und schwappte nun um ihre Knöchel. Der Wind fuhr in die Bäume und die Stromleitungen in den Straßen heulten gespenstisch. Dann donnerte es so laut, dass ihre Zähne klapperten.

Da waren auf einmal alle still.

Der Sturm, der in jenem Jahr in Islamabad wütete, riss ganze Stadtviertel mit sich. Er setzte die Fabrik unter Wasser und löschte das Feuer in den Öfen, in denen die Ziegelsteine gebrannt wurden. Der heftige Regen dauerte wochenlang an, ohne Unterlass, und am Ende der zweiten Woche ohne Lohn beschlossen Hazrats Freunde, dass es sinnlos wäre, weiter dort zu bleiben.

Sie wollten zurück nach Afghanistan.

Hazrat protestierte. Er wollte nicht mit ihnen kommen, aber er konnte auch nicht allein in Islamabad bleiben: Er sprach nicht genügend Urdu, und er hatte keine andere Arbeit oder einen Bekannten, der ihm eine besorgen könnte.

Er wusste nicht, was er tun sollte.

»Und ich sage dir, du kommst mit uns«, beschloss für ihn einer der älteren Arbeiter, dem ein Ohr fehlte. »Ich bringe es nicht übers Herz, dich hier allein zurückzulassen … Und auch wenn du das nicht willst, auch wenn keiner von uns glücklich darüber ist, zurückzukehren, muss man sich eben manchmal mit Gottes Willen abfinden.«

Hazrat war nie gut darin gewesen, sich mit Gottes Willen abzufinden, aber er wusste, dass dieser Mann recht hatte.

Alle zusammen mieteten sie einen zerbeulten Kleinbus, der sie nach Afghanistan zurückbringen sollte, und Hazrat stieg schweren Herzens ein. Er kehrte wieder nach Hause zurück, aber eigentlich hatte er gar kein

Zuhause, in das er zurückkehren konnte. Auf der Fahrt erinnerte er sich an eine alte Tante, eine Schwester seiner Mutter namens Zheba, die an der Strecke wohnte. Er ließ sich vom Kleinbus dort absetzen und klopfte an der Tür. Sobald Zheba ihn erkannt hatte, brach sie in Tränen aus und umarmte ihn. Sie sagte, er könne so lange bleiben, wie er wolle, und dass sie ihn liebte wie einen Sohn.

Doch Hazrat glaubte ihr nicht, denn mittlerweile traute er niemandem mehr.

Und er spürte, wie seine Beine kribbelten. Und dass sie immer in Richtung Grenze laufen wollten.

Ja, das verstand er, das war ihm nur zu vertraut. Er hatte den Entschluss in dem Moment gefasst, als er wieder seinen Fuß auf Heimaterde gesetzt hatte.

Bei der erstbesten Gelegenheit würde er wieder aufbrechen.

24

Der Bettler

IRAN. Das alte Persien.

Das war der Name, von dem er immer wieder träumte. Der zur verbotenen Zone auf der Weltkarte in seinem Kopf wurde.

Der Iran.

Ein Ort, wo es keine Grauen gab. Und keine Cowboys. Sondern nur große, schöne Gärten. Wo er eine Arbeit finden würde, wo er wieder etwas lernen könnte, vielleicht später eine Frau kennenlernen und sich ein eigenes Zuhause aufbauen …

Und dann fuhr er keuchend aus dem Schlaf, erschrocken darüber, wie schnell ein Traum den nächsten nach sich ziehen konnte. Immer einen Schritt nach dem anderen.

Einen Schritt nach dem anderen.

Hazrat wusste, dass es gefährlich war, in den Iran zu

gehen, und dass er nie mehr zurückkehren konnte. Die Grenzen waren dicht, die Polizei gnadenlos. Kein Ausländer bekam ein Visum. Am allerwenigsten Afghanen.

Sehr gut, sagte er sich. Dann werden es nur wenige versuchen. Und ihn schreckte die Vorstellung nicht, die Grenze illegal zu überqueren. Tatsächlich konnte ihn nichts mehr schrecken. Die Grenze zum Iran konnte auch nicht schlimmer sein als die nach Pakistan. Aber allein würde er es niemals schaffen. Daher suchte er nach dem geeigneten Mann, und er wusste inzwischen auch, wie er das anzustellen hatte. Er lernte jemanden kennen, der jemanden kannte, der jemanden kannte. Dieser Mann hieß Halim, war groß, klapperdürr und schielte. Sein eines Auge schaute nach rechts und das andere nach links. Von dem Mann hieß es, er sei klüger als jeder andere, weil sein Horizont weiter war als bei normalen Menschen. Hazrat hätte das gern geglaubt.

Aber er hatte schon vor Langem aufgehört, an das zu glauben, was man sich so erzählte.

Halim sagte ihm, dass er schon im Iran gewesen wäre. Sein Bruder arbeitete in einer Stadt namens Rafsandschan, und Halim hatte vor, dorthin zurückzukehren, um mit ihm zusammenzuarbeiten.

»Nimm mich mit«, schlug Hazrat ihm vor, ohne auch nur zu fragen, welcher Arbeit Halims Bruder nachging.

Der Schielende betrachtete seinen erweiterten Horizont und schnaubte grimmig. Warum sollte er auf einer so gefährlichen Reise einen kleinen Jungen mitnehmen? Die Grenze dort oben im Gebirge zu überschreiten war gewiss kein Kinderspiel.

»Nimm mich mit«, bat Hazrat wieder.

Halim sagte, dafür bräuchte er starke, harte Männer, die wüssten, wie sie sich zu verhalten hätten, was sie sagen sollten. Auf die er sich verlassen konnte. Ein einziger Fehler konnte alle ins Verderben reißen.

»Nimm mich mit«, beharrte Hazrat.

Der Schielende betrachtete erneut seinen erweiterten Horizont und schnaubte wieder.

Schließlich fragte er: »Warum?«

Hazrat erklärte es ihm. Er erzählte ihm, wie er aus Afghanistan entkommen war und was er in Pakistan gemacht hatte. Er zeigte ihm die Narben von der Stechmücke und das Zeichen der Magie auf seiner Schulter. Er hielt ihm die Hände hin, die jetzt nie mehr verbrannten. Halims schielende Augen blickten ins Leere, und er wiegte seinen Kopf hin und her, während er Hazrats Geschichte folgte. Er stellte keine Fragen. Er bat ihn nicht, ihm zu beweisen, ob er ihm die Wahrheit erzählt hatte, und suchte nicht nach Ungereimtheiten, um herauszufinden, wo etwas erfunden war. Wahr oder falsch, es machte keinen Unterschied, wenn es von einem Jungen erzählt wurde, der noch keine dreizehn Jahre alt sein konnte.

Dann sagte er einfach: »In Ordnung.«

Und gab Anweisungen. Sehr viele Anweisungen.

»Wir werden ohne Gepäck reisen, daher musst du dir verschiedene Schichten Kleider übereinander anziehen und dein Obergewand muss dick und schwer sein. Und kauf dir einen Schal. Der Schal ist ganz wichtig.«

Hazrat hatte nicht den Mut, ihn nach dem Grund zu fragen.

»Und dann musst du deine Papiere bei jemandem lassen, dem du vertraust, denn die darf man nicht bei dir finden, falls wir an der Grenze angehalten werden. Wenn man illegal einreist, dann muss man komplett illegal sein, sonst schickt man uns zurück.«

Hazrat wollte nicht zurückgeschickt werden.

»Schmeiß diese Sandalen weg und besorg dir Turnschuhe. Solche mit einer Gummisohle, wie sie die Cowboys haben. Schuhe, mit denen man auch über Felsen schnell rennen kann.«

Hazrat versicherte, dass er sehr schnell laufen könne.

»Und dann ist da noch die Sache mit dem Geld.«

»Ich kann dich bezahlen«, sagte Hazrat sofort. »Ich habe gearbeitet und fünfundzwanzigtausend Afghanis gespart.«

Halim lachte auf, wobei er einen Mund voller Zahnstümpfe entblößte. »Du hast mich nicht verstanden, Junge! Du musst dein Geld loswerden. Du wirst mit weniger als dreitausend Afghanis aufbrechen. Zu viel

Geld zieht Aufmerksamkeit auf sich und erfahrungsgemäß bringt Aufmerksamkeit einen um.«

Hazrat fürchtete, er hätte ihn nicht richtig verstanden: »Ich soll also mein Geld loswerden?«

»Ja, du sollst dein Geld loswerden.«

Also kaufte er sich ein Paar Schuhe, wie sie die Cowboys trugen, wenn sie mal nicht mit ihren Gewehren unterwegs waren. Er besorgte sich einen bunten Schal, dann noch sechs Ziegen, die er Tante Zheba anvertraute, und teilte den Rest des Geldes in kleinen Beträgen unter einigen Freunden und entfernten Verwandten auf. Er dachte, vielleicht würden ihm eines Tages, wenn er sie darum bat, ein paar von ihnen einen kleinen Teil wieder zurückgeben. Dann kehrte er zu Halim zurück, damit der sich ansah, ob er die richtigen Sachen gekauft hatte: die Schuhe, die Kleidung, das schwere Obergewand und den Schal.

»Der Schal ist ganz wichtig«, sagte der Schielende noch einmal. Und dann fügte er hinzu: »Gut. Wir brechen am Sonntag auf.«

Hazrat fragte, was für ein Tag Sonntag wäre.

»Was macht das für einen Unterschied?«, fragte Halim.

»Ist es ein gerader oder ein ungerader Tag?«

Sie rechneten nach.

»Es ist ein ungerader Tag«, antwortete schließlich Halim.

Hazrat nickte zufrieden und ging. Er fand es irgendwie beruhigend, dass sie an einem ungeraden Tag aufbrechen würden. Als er Kassierer in der Bäckerei gewesen war, hatte er unbewusst begonnen, auf Zahlen und Tage zu achten, und seitdem nicht mehr damit aufgehört. Er war mit dem Reisemann an einem ungeraden Tag aufgebrochen. Aus der Madrasa war er auch an einem ungeraden Tag geflohen. Als er in der Fabrik angestellt wurde und als er nach Afghanistan zurückgekehrt war, war es jeweils ein ungerader Tag gewesen. Und jetzt würde er wieder an einem ungeraden Tag für immer fortgehen. Alle Tage sind ungerade, dachte er, während er gedankenverloren durch die Stadt lief. Es war ein schöner Frühlingstag und die Luft roch verführerisch nach Datteln. Zum ersten Mal machte Mazar-i-Sharif ihm keine Angst oder kam ihm widerwärtig vor. Hazrat betrachtete ein letztes Mal die dreckigen Straßen und die Patronenhülsen, die vom Wind über den Boden getrieben wurden, und er hörte in der Ferne einen Mullah beten. Er kam an einem staubbedeckten Bettler vorbei, der ihm eine Schale entgegenstreckte und flehte: »Seid barmherzig und möge Gott euch segnen.«

Hazrat lief zunächst weiter, aber irgendetwas hatte ihm gerade innerlich einen Stich versetzt.

»Seid barmherzig und möge Gott mit euch Mitleid haben.«

Hazrat blieb stehen. Er brauchte Gottes Mitleid, und außerdem meinte er, die Stimme zu·kennen.

Daher drehte er sich um, und es war, als ob ihm jemand einen Peitschenhieb verpasst hätte. Auf einmal spürte er auf seinen Schultern das gesamte Gewicht der Ziegelsteine lasten, die er in Islamabad gebrannt hatte.

Der Mann war Pawam Bar Kuol, sein Vater. Er saß dort an einer Straßenecke, mit vorgestreckter Hand und klagender Stimme. Sein Vater erkannte ihn nicht. Nach seinem Besitz und seinen Kindern hatte er nun auch den Verstand verloren. Und ihm war nicht einmal sein eines Paar Schuhe geblieben.

Hazrats Abschiedsgruß bestand aus einer Münze, die er klirrend in die Schale fallen ließ.

»Möge Gott euch segnen«, wünschte ihm sein Vater.

25

Wie aus Dreizehn Einundvierzig werden kann

HALIM HATTE sich von den Cowboys eine Limousine besorgt, mit einem extralangen Kofferraum und abgewetzten Ledersitzen. Gott allein wusste, wie das Fahrzeug hierhergelangt war.

Sie waren zu dreizehnt und hatten nur dieses eine Auto.

»Und wie sollen wir da alle hineinpassen?«, fragte ein junger Mann mit so mageren Armen, dass man die Knochen erkennen konnte.

Halim öffnete die Heckklappe des Wagens: »Hier hinten ist Platz für mindestens vier Leute. Hazrat, geh du zuerst rein, denn du bist der Kleinste.«

Hazrat sah in den Kofferraum, der aussah wie ein offenes Grab, und stellte sich vor, wie er dort drinnen mit drei anderen Männern zusammengequetscht lag, ohne sich bewegen oder atmen zu können. Aber wenn das der Preis war, den er bezahlen musste, um in den Iran zu gelangen, konnte er es wenigstens versuchen. So kletterte Hazrat in den Kofferraum und presste sich ganz hinten mit dem Gesicht gegen die Rückbank. Die Federung gab quietschend nach, dann stieg der zweite Mann zu ihm in den Kofferraum, dann der dritte und schließlich der letzte. Hazrat war nun so zusammengequetscht, dass er sich nicht bewegen und kaum atmen konnte. Sein Herz begann, schnell zu schlagen, und er spürte, wie ihm die Angst die Kehle zuschnürte, die Furcht, dort drinnen gefangen zu bleiben und in diesem Kofferraum zu sterben. Dann hörte er ein lautes *Klonk* und alles versank in Dunkelheit. Einer von den drei anderen sagte: »Na bitte, geht doch, alles ganz bequem.«

Daraufhin musste einer lachen, und als Hazrat das hörte, musste auch er lachen, und er dachte, dass alles gut gehen würde, dass er es schaffen konnte. Er konnte es schaffen.

Die Limousine setzte sich in Bewegung und fuhr holpernd los. Bei jedem Schlagloch hüpfte sie hoch und landete hart, und die vier im Kofferraum fluchten. Vielleicht bauten die Cowboys ja ganz tolle Autos für ihre Straßen daheim, aber wenn die Asphaltdecke mehr Löcher hatte als Halims Gewand und Steine so krumm und schief aus der Straße herausragten wie die Zähne in seinem Mund, dann war diese Limousine hier schlechter als ein Maultier. Während sie solche Sprüche klopften und Halim und den Fahrer bei jeder unsanften Landung beschimpften, zählte Hazrat siebenundzwanzig Stellen an seinem Körper, die ihm wegen seiner unbequemen Position im Kofferraum wehtaten. Angefangen bei der Stirn, die immer wieder gegen den Ellenbogen seines Nachbarn schlug, bis hin zu den Füßen, die in den Turnschuhen eingeschnürt waren.

Fünf Stunden später öffnete Halim die Heckklappe und sagte: »Wir sind in Kabul.«

Kabul lag nicht auf dem Weg, dachte Hazrat. Das bedeutete, dass sie ganz lange in die falsche Richtung gefahren waren und dass sie nun wieder die gleiche Strecke zurückfahren mussten. So viele Stunden, die er noch einmal zusammengequetscht im Kofferraum verbringen musste.

»Warum sind wir hier langgefahren?«, fragte Hazrat.

»Weil wir auf dieser Strecke keinen Grauen begegnen«, antwortete Halim knapp. »Oder möchtest du lieber auf sie treffen?«

Das wollte Hazrat nicht.

Er nahm Halims Hand und ließ sich von ihm aus dem Wagen ziehen. Als er sich hinstellen wollte, fiel er einfach um. Er konnte nicht mehr gehen. Seine Beine waren ganz weiß und seine Muskeln schienen voller Ameisen zu sein, so kribbelten sie, aber Halim zwang ihn, aufzustehen und sich zu bewegen, um die Durchblutung wieder in Gang zu bringen.

Kabul erstreckte sich staubig und mit dunklen Fenstern vor ihnen.

»Ist jetzt alles in Ordnung?«, fragte Halim ihn und gab ihm etwas zu trinken.

»Ja.«

»Dann steig wieder ein. Wir fahren weiter.«

Aus den siebenundzwanzig Stellen wurden einundvierzig. Und Hazrat zählte sie immer wieder laut und jammerte mit den Mitreisenden um die Wette.

26

Die Sandschmuggler

DIE REISE dauerte sechs Tage, weil sie lange Umwege nehmen mussten, um die Straßensperren zu umgehen. Es gab Straßensperren der Cowboys, Straßensperren der normalen Soldaten und die der Grauen Krieger. Und jeder von ihnen wollte seinen Anteil. Einmal stand das Auto fünf Stunden lang in der Sonne, und im Kofferraum wurde es so heiß, dass Hazrat das Bewusstsein verlor. Ein anderes Mal versuchten zwei Polizisten, ihn in einer der Pausen, in denen sie sich die Beine vertreten konnten, abzuführen, und sie verschwanden erst, als sie sahen, dass er zusammen mit zwölf anderen Männern unterwegs war.

Der letzte Halt war ein Dorf in der Provinz Nimrus an der Grenze Afghanistans. Es wurde »der Ort aus Sand und Wind« genannt, weil die Stürme hier so heftig wüteten, dass man die meiste Zeit nicht einmal die

Straße oder das Nachbarhaus sehen konnte oder eine von den Spalten, die die Gebirgspfade bildeten.

»Genau deswegen mögen die Schmuggler Nimrus«, erklärte Halim. »Wenn der Wind anfängt zu wehen, sehen die Illegalen zwar nicht, wo sie hintreten … aber die Soldaten sehen auch die Illegalen nicht.«

Ein Mann mit langen Haaren und von Pockennarben zerfressenen Wangen murmelte: »Der Plan ist also, die Berge zu Fuß zu überqueren?«

»Ja«, antwortete Halim.

»Während eines Sandsturms?«

»Ganz genau«, erwiderte Halim. »So wird uns keiner bemerken, wenn wir über die Grenze wollen.«

»Und wie sollen wir es schaffen, uns nicht zu verirren, in eine Felsspalte zu stürzen oder im Sand zu ersticken?«

Halim betrachtete den teebraunen Himmel.

»Inshallah.«

Der pockennarbige Mann spuckte auf den Boden: »Das werden wir nie schaffen.«

»Andere haben es geschafft«, entgegnete Halim.

»Und viele sind gestorben.«

Halim seufzte. »Es ist deine Entscheidung. Vielleicht schaffst du es, oder du stirbst. Oder du kannst umkehren.«

Hazrat hörte ihnen von einer Ecke aus zu. Er hatte sich noch nie so erschöpft gefühlt. Er erinnerte sich nicht mehr daran, wann er zum letzten Mal etwas gegessen oder getrunken oder in einem Bett geschlafen hatte, ohne dass ihm jeder Knochen wehtat.

»Gehen wir schlafen. Morgen wird jeder seine Entscheidung treffen.«

Halim hatte kurz vor dem Dorf eine verlassene Lagerhalle gefunden. Sie legten sich dort auf den Boden. Es gab weder Türen noch Fensterscheiben und es war kalt. Und es war laut, weil der Wind durch die leeren Öffnungen pfiff. In der Nacht erhob sich der Sandsturm, und einen langen Moment glaubte Hazrat, dass draußen vor den Mauern viele Tausend Heuschrecken wären. Dann kam der Sand herein und drang in jede Ritze, in die Nase, in die Augen und in die Ohren. Er peitschte auf sie ein und riss ihre Haut auf. Wie Abertausende von winzigen Glasscherben. Die Flüchtlinge drängten sich am Boden eng aneinander und schützten Augen und Gesicht mit den Schals. Deswegen waren die Schals so wichtig gewesen. Hazrat flüchtete sich in seine Gedanken, an einen Ort, wo es dunkel und still war, und verharrte so bis zum Morgen. Als er erwachte, war er mit Sand bedeckt und seine Finger waren von der Kälte ganz klamm geworden.

Sie kochten Kaffee auf einem Campingkocher und reichten ihn sich mit finsteren Mienen weiter. Die Männer sahen alle nach draußen, wo man kaum noch ihr Auto erkennen konnte, das gerade von einer wandernden gelben Sandbarriere verschluckt wurde. Nur Halim sah etwas anderes.

»Das ist unmöglich, Halim«, sagten die übrigen Männer. »Man kann die Berge nicht bei einem Sandsturm wie dem von heute Nacht überqueren. Das schaffen wir niemals.«

»Auch im Sturm gibt es Pfade.«

Die anderen schüttelten stumm den Kopf und verschwanden einer nach dem anderen aus der Halle.

»Wir kaufen dir das Auto ab, Halim. Und dann kehren wir um«, sagte der Mann mit den langen Haaren und den pockennarbigen Wangen.

Halim seufzte.

Dann blieben seine schielenden Augen auf Hazrat haften.

»Und du, gehst du nicht mit ihnen?«

»Nein«, antwortete Hazrat. »Ich gehe mit dir in den Iran.«

»Hast du nicht gehört, was diese Männer gesagt haben?«, fragte Halim. »Es ist zu gefährlich. Wir werden sterben.«

»Wenn es Gott gefällt, werden wir sterben, wenn es Gott gefällt, werden wir leben«, antwortete Hazrat. »Und was auch immer geschieht, das ist mir lieber, als umzukehren.«

Da lächelte Halim ihn an und sagte: »Dann gehen wir jetzt zu den Schmugglern.«

Die Schmuggler der Provinz Nimrus kannten jeden Pfad, jede Schlucht und jeden Stein dieser Berge, jede Höhle und jeden Schlupfwinkel, um in den Iran zu gelangen. Ihre Haut hatte die gleiche Farbe wie der Sand, ihre Augen waren vom Sand gerötet und sie sprachen mit rauen, wispernden Stimmen, als ob auch ihre Kehlen voller Sand wären.

»Halim«, sagten sie, als sie ihn erkannten. »Wie viele seid ihr diesmal?«

»Nur wir zwei«, antwortete Halim. »Ich und dieser Junge.«

Einer der Schmuggler spuckte aus. Hazrat kam es vor, als hätte er Sand ausgespuckt.

»Der ist noch ein Kind.«

»Aber er ist mutiger als viele Männer.«

»Und wie wollt ihr uns bezahlen?«

Hazrat zitterte, denn seine dreitausend Afghanis waren fast aufgebraucht.

»Wir werden euch mit dem bezahlen, was wir verdienen, wenn wir im Iran sind«, entgegnete Halim.

»In Ordnung«, sagten die Schmuggler. »Wir brechen in zwei Tagen auf. Bei abnehmendem Mond.«

Zwei Tage, dachte Hazrat.

Und er rechnete nach, was für ein Tag das sein würde.

27

Das Restaurant am Ende der Welt

SIE SCHLIEFEN LANG, in einer Ecke der Lagerhalle eng aneinandergedrängt wie Vater und Sohn, und als sie erwachten, sagte Halim: »Gehen wir ins Restaurant.«

»Wir haben nur noch ein paar Münzen«, protestierte Hazrat.

»Na und? Heute Nacht werden wir sterben. Da sollten wir besser noch einmal gut essen.«

Er wählte das Beste, was sie sich leisten konnten, und sie bestellten zweimal *dashee*, ein Gericht, das Hazrat davor noch nie gegessen hatte: eine Art Gulasch mit reichlich Zwiebeln und vielen frischen Tomaten, und beim Essen knirschte es im Mund, wegen des Sandes.

»Ein afghanisches Gericht für unseren letzten Tag

als Afghanen«, erklärte Halim unter lautem Gelächter.

Sie hatten sich für Sonnenuntergang mit den Schmugglern direkt außerhalb des Dorfes verabredet. Als sie die Lagerhalle verließen, blies der Wind stärker als gewöhnlich und der Sand heulte, als wäre er von Dämonen besessen. Sie konnten kaum den Treffpunkt finden: ein pfeifender Gittermast, der schon seit Langem keine Kabel mehr hatte. Dort blieben sie stehen und kurz darauf tauchte aus dem Sand eine vermummte Gestalt auf. Ein anderer illegaler Grenzgänger, der sich wie sie darauf vorbereitete, über die Berge in den Iran zu gelangen. Und dann tauchten ein zweiter und ein dritter auf. Weitere Gestalten wankten heran, eingewickelt in ihre Turbantücher. Ein stummer, beängstigender Schwarm, der nur langsam vorankam. Es waren mindestens zweihundert, entschied Hazrat irgendwann, zweihundert Menschen, die genauso verzweifelt waren wie sie, mager und mit fiebrig geröteten Augen. Dem Fieber der Flucht, des letzten großen Versuchs.

»Bleib immer nah bei mir«, befahl Halim, als das Signal zum Aufbruch gegeben wurde. Der Wind wirbelte den Sand bedrohlich auf. »Und halt das hier fest. Das hier, verstanden? Lass es niemals los!«

Und Halim, jener Halim, der die Dinge anders sah als die übrigen Menschen, löste die Kordel, die er als Gürtel benutzte, und reichte Hazrat ein Ende, damit er es immer in der Hand halten und ihn so auf dem Marsch nie verlieren sollte.

Sie stiegen hinauf und hinab, sie liefen durch dieses weite, flüsternde Nichts, das die Haut aufriss und alle Gedanken zum Schweigen brachte. Die Zeit, die Welt und jede Logik auslöschte. Einen Schritt nach dem anderen, das Seil fest in einer Hand, von vielen stummen Schatten umgeben. Jeder Schritt konnte Leiden und Gefahr bedeuten: in eine Felsspalte zu stürzen, auf einen Wachposten zu stoßen oder vielleicht auch nur zu stolpern und sich einen Knöchel zu verstauchen. Denn wenn jemand zurückblieb, konnte man keinesfalls auf ihn warten. Einigen erging es so. Und sie wurden im Wind vergessen.

Kurz vor Sonnenaufgang führten die Schmuggler sie zum Schlafen in eine Höhle, und dort ruhten sie sich erschöpft aus, bis sie in der nächsten Nacht erneut aufbrachen. Da stolperte Hazrat zum ersten Mal über eine Leiche. Es war der Körper eines kräftigen Mannes, seine Kleidung war zerfetzt und seine Augen waren weit aufgerissen. Er hatte ein Einschussloch mitten in der Stirn.

»Du wirst noch viele andere sehen«, versicherte Halim ihm so laut, dass er den Sturm übertönte, und zog ihn fort. »Die iranische Polizei lässt die Leichen absichtlich auf dem Weg liegen.«

»Warum denn?«, fragte Hazrat und stieg schnell über den Toten hinweg.

»Um solche wie uns abzuschrecken.«

Es gab noch sehr viele Leichen. Manchmal rochen die Schluchten so stark nach Tod und Verwesung, dass Hazrat am Wegrand stehen bleiben musste, um sich zu übergeben. Manchmal kam es ihnen so vor, als liefen sie durch Reihen umgestürzter Statuen. Oder als passierten sie den gestrengen Blick eines stummen Wächters der Berge.

Und dann waren da die frischen Leichen, wie Halim sie nannte. Von denen, die mit ihnen aufgebrochen waren und entlang der Strecke aufgaben, die auf dem Bauch liegen blieben und atemlos und erstarrt den Weg blockierten und ihre Gefährten zwangen, über sie hinwegzutrampeln, um vorwärtszukommen. So liefen sie zehn Nächte lang bis zu einer Höhle, die auf ein Tal ging, in dem der Wind so wütend tobte wie eine Herde wild dahingaloppierender Pferde. Dort teilten die Schmuggler die überlebenden Illegalen in vier Gruppen und jeder bekam einen eigenen Führer zugeordnet.

Der Führer von Hazrat und Halim war ein Mann mit einer Nase, die so kühn gebogen wie ein Falkenschnabel war.

»Gut«, sagte Falkenschnabel. »Bis hierher war es einfach. Jetzt kommt der schwierige Teil.«

28

Das Mondtal

»IHR MÜSST rennen«, erklärte Falkenschnabel. »Um es zu schaffen, haben wir uns in vier Gruppen aufgeteilt. Und nur die Schnellsten kommen auch am anderen Ende des Tals an. Denkt immer daran: Die erste Gruppe wird es komplett schaffen, von der zweiten Gruppe kommt jeder zehnte durch. Von der dritten Gruppe schafft es bloß noch einer.«

Keiner fragte ihn, was mit denen aus der vierten Gruppe würde.

»Und in welcher Gruppe sind wir?«, fragte Hazrat.

»Das hängt von deinen Füßen ab«, erwiderte Falkenschnabel.

Hazrat schaute auf seine Turnschuhe. Und dann sah er Halim an. Der Schielende hatte ihm gesagt, dass er sie bräuchte, um schnell rennen zu können. Aber Hazrat war nicht klar gewesen, wie ernst er das gemeint hatte.

»Wenn euch also euer Leben lieb ist, dann versucht, möglichst schnell zu sein«, sagte Falkenschnabel wieder. »Das hier vor uns nennen wir das Mondtal, weil es so hell wie der dort oben ist. Es wird von den Scheinwerfern der Grenzpolizei überwacht, die werden eingeschaltet, wenn sie hören, wie die Steine sich bewegen, daher versucht so schnell zu laufen, als würdet ihr fliegen. Wenn euch ein Scheinwerfer erwischt, werft euch auf den Boden und hebt die Hände hoch, vielleicht erschießen sie euch dann nicht. Ansonsten rennt, rennt, rennt, so schnell ihr könnt.«

Falkenschnabel hatte erloschene Augen, als ob nicht einmal er selbst glauben würde, was er sagte. Oder vielleicht hatte er diese Rede auch schon so oft gehalten, dass sie inzwischen ihre Bedeutung verloren hatte. Er selbst würde ebenfalls versuchen, über die Grenze zu gelangen. Er war ein Führer. Andere von den Schmugglern würden auf dieser Seite des Tals zurückbleiben und zusehen, wie die Männer einer nach dem anderen im Licht der Scheinwerfer fielen.

»Ist alles klar?«, fragte Falkenschnabel.

Hazrat nickte. Und Halim auch.

Mit klopfenden Herzen warteten sie darauf, dass es Nacht wurde. Sobald die Dunkelheit hereinbrach, schlich die Gruppe aus der Höhle und kletterte verstohlen im Schatten der Felsen zum Pass hoch, bis sie zum Eingang einer schmalen Schlucht gelangten.

Das Mondtal.

Obwohl der Sand, der durch die Luft wirbelte, ihm die Sicht nahm, konnte Hazrat die Stacheldrahtzäune sehen, die sich wie Narben von einer Seite zur anderen durch die Landschaft zogen, und die weißen Lichtkegel der Scheinwerfer, die die Felsen absuchten.

Niemand konnte dort durchkommen.

»Bereit?«, fragte Halim ihn.

»Ja«, sagte Hazrat leise.

Er begann zu rennen, folgte dem schwarzen Schatten von Falkenschnabel, der sie hinein in die Dunkelheit führte. Der Schmuggler bewegte sich wie ein Tier aus dem Gebirge: Er duckte sich zu Boden, ehe ein Scheinwerfer ihn erreichen konnte, dann stand er wieder auf, kroch geschickt unter dem Stacheldraht hindurch und lief weiter. Ohne sich auch nur einmal umzusehen.

Hazrat machte dasselbe, imitierte ihn in allem wie ein Spiegelbild: Er duckte sich, stand wieder auf, kroch unter dem Stacheldraht hindurch.

Und sein Herz klopfte immer lauter.

Hinter ihm lichtete sich die Gruppe. Einige blieben zurück, andere fielen hin und fluchten. Manche fanden nicht den Mut, weiterzugehen. Hazrat beschloss, dass er sich nicht einmal umsehen würde, genau wie sein Führer. Er würde einfach nur vorwärtsrennen.

Kurz darauf glitt er aus und erkannte, dass er am

Rande eines Abgrundes entlanglief: auf einem Felsvorsprung über dem Mondtal. Er verlor das Gleichgewicht und drohte zu fallen, aber Halim packte ihn an einem Schuh und zog ihn auf den Pfad zurück. Hazrat hatte nicht einmal die Kraft, ihm zu danken. Ein ausgezehrter Afghane drängte sich mit einem verächtlich gezischten Kommentar an ihnen vorbei. Aber kurz darauf rutschte er weg und wedelte hilflos mit den Armen, doch es gab niemanden, der ihn am Schuh packte und auf den Weg zurückzog. Er rollte über den Grat, verschwand im Sand und Hazrat hörte, wie seine Knochen mit einem hässlichen Geräusch in der Dunkelheit brachen. Und schließlich hörte man sein Schreien, das laut gellende Schreien eines Mannes, der einen Abhang hinabgestürzt ist.

»Er wird uns alle verraten!«, sagte Halim, und Hazrat dachte, dass sie ihn hätten töten sollen. Die Schreie hallten zwischen den Felswänden der Schlucht, sie waren so schrill wie die Sirenen der Krankenwagen von den Cowboys. Sie sahen, wie die Scheinwerfer der Grenzpolizei zu ihnen hinüberschwenkten. Maschinengewehrfeuer knatterte durch die Luft.

»Renn!«, sagte Halim ganz leise. »Renn und bleib nicht stehen, egal, was passiert!«

Und Hazrat rannte, er rannte, ohne stehen zu bleiben. Er stolperte über die Steine, balancierte am Rande des Abgrundes. Er rannte. Auch als er hörte, wie jemand ihn rief, auch als der weiße Lichtkegel ihn erfasste und ihn blendete, auch als die Geschosse zwischen seinen Schuhen einschlugen und Funken und Steinsplitter aufwirbelten.

Hazrat hatte nicht gewusst, dass er so rennen konnte. Er hatte nicht gewusst, dass er so schnell war.

Er lief, ohne zu atmen, zu schauen, zu denken. Und als er glaubte, er könnte nicht mehr weiter, lief er noch schneller.

Dann fingen ihn zwei starke Arme auf und hoben ihn hoch, warfen ihn in den schützenden Schatten einer Höhle auf der anderen Seite des Mondtals. Und Hazrat blieb atemlos dort liegen, noch völlig benommen und vom Scheinwerferlicht geblendet.

»Hör auf zu rennen, Junge. Es ist gut! Du hast es geschafft! Es ist vorbei!«, sagte Falkenschnabel. »Ich habe noch nie jemanden so schnell rennen sehen wie dich. Es hat wirklich so ausgesehen, als ob die Dämonen hinter deinem Arsch her gewesen wären.«

Das waren keine Dämonen, dachte Hazrat.

Das waren meine Brüder.

29

Die Datteln des Iran

Sie blieben vier Tage in dieser Höhle, hatten nur ein paar Fässer mit Wasser und nichts zu essen. Aber keiner konnte hinaus, weil die iranische Polizei bemerkt hatte, dass illegale Einwanderer über die Grenze gekommen waren, und nun alle Wege kontrollierte. Tagsüber, wenn der Wind nachließ, hörte Hazrat Schreie auf Farsi, die zwischen den Felsen hallten, und ab und zu einen Gewehrschuss. Falkenschnabel rauchte schweigend, wobei er die brennende Kippe mit der Hand abschirmte, damit man die Glut nicht sah.

»Es wird bald vorbei sein«, sagte er manchmal leise. »Es wird bald vorbei sein, sie werden es bald satthaben, nach uns zu suchen, und dann werden wir weiterziehen.«

Und irgendwann war es vorbei. In der vierten Nacht schlichen sie aus der Höhle und fanden einen Weg hinab ins Tal, in eine weite Ebene. Eine iranische Ebene mit denselben Felsen und demselben Staub wie in Afghanistan. Sie schlossen sich einer anderen Gruppe Illegaler an, die zusammen mit ihnen aufgebrochen waren: Sie waren zu zehnt, dazu die drei unter der Führung von Falkenschnabel. Die Schmuggler luden sie alle in einen Kleinbus und brachten sie in ein großes Haus am Stadtrand von Bam. In dem Haus stand kein einziges Möbelstück, aber draußen gab es einen schönen, großen Garten voller Blumen und mindestens fünfzehn Meter hohe Dattelpalmen.

Halim und Hazrat verbrachten den Nachmittag damit, unter den Dattelpalmen zu sitzen, mit Steinen nach den Fruchtbüscheln zu werfen und die Datteln aufzusammeln, die herunterfielen. Mit seinen Augen, von denen eins nach Osten blickte und das andere nach Westen, gelang es Halim nicht, auch nur eine einzige Dattel zu treffen, und so gab ihm Hazrat lachend von seinen ab.

Er lachte, weil er jetzt im Iran war und sie überlebt hatten. Und diese Datteln waren die besten, die er jemals gegessen hatte.

Am Abend führten die Schmuggler sie zu einem Feld, das von tiefen Gräben voll klarem Wasser umgeben war, damit sie sich waschen konnten. Dreißig Tage lang hatten sie sich nicht gewaschen.

Falkenschnabel warf ihm eine Dose mit Seifenpulver

zu, und Hazrat lachte, als er die Aufschrift las: »Das ist für Kleider!«

Der Schmuggler zuckte mit den Achseln. »Deine Haut ist genauso grau wie deine Kleider und deine Schuhe.«

Hazrat wusch sich in dem eisigen Wasser des Grabens, und als er wieder herauskam, reichte ihm Falkenschnabel seine neuen Sachen. Sie waren irgendwie merkwürdig: eine Hose und ein Baumwollhemd, das die Cowboys T-Shirt nannten.

Er kam sich ein wenig wie ein Cowboy vor.

Aber vor allem fühlte er sich zum ersten Mal wie ein freier Mann.

30

Der Pistazienpflücker

DIE SCHMUGGLER brachten die Flüchtlinge in dicken Autos mit getunten Motoren bis nach Rafsandschan. Die iranische Polizei wusste genau, was sie da transportierten, und wenn sie sie auf den Straßen entdeckten, schossen sie sofort. Doch die Wagen fuhren schnell und die Patronen prallten an den Scheiben ab.

»Schieß doch! Schieß doch!«, brüllte der Fahrer und trat aufs Gas.

In Rafsandschan ließen die Schmuggler die Leute aussteigen und sagten ihnen, sie sollten sich diesen Platz genau merken. Von diesem Moment an war jeder auf sich allein gestellt.

»Hier treffen wir uns nächstes Jahr«, sagten sie beim Abschied. »Wegen des Geldes. Findet euch hier ein. Oder wir werden euch finden.«

Falkenschnabel schlug Hazrat auf die Schulter.

»Tschüs, großer Läufer. Pass auf dich auf. Und lass dich nicht erwischen.«

Das war der Riesenunterschied zwischen einem freien Mann und einem Illegalen.

Hazrat vergrub die Hände in den Taschen, starrte auf Halims Rücken und folgte ihm bis zum Haus seines Bruders.

Halims Bruder hieß Sabir und arbeitete auf den Pistazienfeldern von Rafsandschan. Er war groß und hager wie Halim und hatte die gleichen Augen, die nach außen in zwei unterschiedliche Richtungen blickten. Der Besitzer der Pistazienfelder war ein Hüne mit einer dröhnenden Stimme namens Hamad Sharifi.

»Ich bin Hamad Sharifi«, sagte er zu ihnen. »Ihr seid nur Illegale, und wenn die Polizei euch findet, schickt sie euch zurück nach Afghanistan. Aber solange ihr für mich arbeitet, wird die Polizei euch nicht behelligen, selbst wenn sie euch irgendwann findet. Ihr müsst nur sagen, dass ihr für Hamad Sharifi arbeitet!«

Hazrat wiederholte den Namen Hamad Sharifi für sich so oft, bis er ihn sich fest eingeprägt hatte.

Von dem Tag an arbeitete er als Pistazienpflücker. Sie fingen um fünf Uhr morgens an und blieben bis Mittag auf den Feldern, wenn ein Mann für jeden Arbeiter warmes Brot, Paneer-Käse, eine Scheibe Wassermelone und einen Becher Wasser brachte. Hazrat aß sein warmes Brot und den Käse, die Scheibe Wassermelone und trank dazu den Becher Wasser, und außerdem aß er jede Menge Pistazien. So viele Pistazien, wie er konnte.

Am Nachmittag wechselten die Arbeiter in die Lagerhallen, wo sie die Säcke voller getrockneter Pistazien auf Lastwagen luden.

Und am nächsten Tag ging alles von vorn los.

Die Arbeit war anstrengend, doch Hazrat nahm sie gern auf sich, weil er draußen im Freien sein konnte. Lieber aß er Pistazien und lud sie auf Lastwagen, als neben den heißen Öfen zu stehen und Ziegelsteine zu machen. Halim hatte jedoch Mühe, sich an diese Arbeit zu gewöhnen, und eines Tages brach er zusammen.

Sie brachten ihn ins Krankenhaus, wo ihn eine Frau mit unverschleiertem Gesicht in einem langen weißen Gewand empfing.

»Wir brauchen einen Arzt«, erklärte Hazrat.

»Ich bin die Ärztin«, antwortete die Frau.

»Hier im Iran ist es anders als bei uns«, erklärte ihm Sabir. »Hier gibt es auch Frauen, die Ärzte sind.«

Die Frau Doktor sagte Halim, er solle sich auf eine Liege legen, horchte sein Herz ab, ließ ihn die Zunge zeigen und gab ihm am Ende eine Spritze.

»Es ist nichts Schlimmes, nur ein bisschen Erschöpfung«, sagte sie ihm. »Versuchen Sie, sich eine Zeit lang nicht zu sehr anzustrengen.«

Halim bedankte sich und nach ein paar Tagen Ruhe

fühlte er sich kräftiger als vorher. Er war gesund geworden, obwohl der Arzt, der ihn untersucht hatte, eine Frau gewesen war.

Und er murmelte ständig leise vor sich hin, dass dies wohl ein wahres Wunder wäre.

31

Das Unglückszeichen

DER SOMMER war fast vorüber und alle Pistazien waren geerntet, deshalb rief Hamid Sharifi seine Arbeiter zusammen und sagte: »Ab morgen werdet ihr in der Stadt arbeiten, in meiner Pistazienfabrik.«

Hazrat und Halim hatten inzwischen genug Geld verdient, um die Schmuggler zu bezahlen, und sie nahmen Hamad Sharifis Vorschlag an.

Ihre Aufgabe in der Fabrik war einfach: Sie mussten die vollen Säcke bis zu den Tischen der Arbeiter bringen und sie dort abstellen. Nur wog jeder Sack hundert Kilo. Für Hazrat war das, als würde er sich zwei Zwillingsbrüder übereinander auf den Rücken laden.

»Ameisen können Lasten tragen, die schwerer sind als sie selbst«, sagte er sich. »Dann kann ich es auch schaffen.«

Und Hazrat lernte, es wie die Ameisen zu machen.

Halim dagegen wurde mit jedem Tag immer dünner und wütender, bis er eines Tages, während er eine Maschine ins Lager schob, stolperte, unter einen Eisenhebel kam und sich den Knöchel brach. Diesmal ging er allein ins Krankenhaus, wo sie ihm den Fuß eingipsten. Über einen Monat kam er nicht mehr in die Fabrik, und als er wiederkam, hatte er sich verändert. Jetzt blieb er immer für sich, aß allein und manchmal, wenn er meinte, dass niemand ihn beobachtete, saß er in einer Ecke und weinte.

Weil Halim doch sein Freund war, fasste Hazrat sich ein Herz und fragte ihn: »Warum weinst du?«

»Lass mich in Ruhe, Hazrat«, brummte Halim.

Aber Hazrat ließ nicht locker: »Mir kannst du es doch sagen.«

»Es ist wegen dir«, knurrte Halim da zu Hazrats Erstaunen. »Ich weiß nicht, wie ich dich loswerden soll. Seit ich dich kennengelernt habe, verfolgt mich das Unglück. Zuerst bin ich beinahe umgekommen, als wir das Mondtal durchquert haben, dann bin ich im Krankenhaus gelandet, als wir auf den Pistazienfeldern gearbeitet haben. Und jetzt habe ich mir den Fuß gebrochen.«

Hazrat verstand es immer noch nicht: »Was meinst du damit?«

»Ich meine, dass du Unglück bringst«, sagte Halim. »Du musst weg aus dieser Fabrik, sonst gehe ich. Denn ich werde auf keinen Fall mit dir an einem Ort bleiben.«

Hazrat sah das nicht so. Er dachte, sie hätten Glück gehabt, als sie mit den Schmugglern das Gebirge überquert hatten, als sie nicht im Mondtal gestorben waren und auch dann noch, als sie sich mit Falkenschnabel versteckt hatten. Und dass er es nur dank Halim in den Iran geschafft hatte, dass Halim ihm das Leben gerettet hatte, als er ihn am Schuh gepackt hatte, und dass wieder Halim es gewesen war, der ihm eine Arbeit verschafft hatte.

Wenn also jemand gehen musste, dann war es Hazrat.

Daher ging er zum Besitzer der Fabrik.

»Warum kündigst du?«, wollte Hamad Sharifi wissen.

»Weil ich Unglück bringe«, antwortete Hazrat.

»So ein Unsinn!«, rief Hamad Sharifi lachend. »Aber mach dir keine Sorgen. Du bist stark und klug, arbeitest schnell und beklagst dich nie. Wenn du wirklich gehen willst, finde ich eine andere Arbeit für dich.«

Und so war es auch.

32

Die Treppen von Isfahan

HAMAD SHARIFI war mit Niaz befreundet, einem Mann aus Afghanistan, der schon seit einigen Jahren im Iran lebte. Und Niaz war wieder mit gewissen Leuten befreundet, die illegalen Einwanderern Arbeit gaben.

»Um Niaz zu treffen, musst du aber nach Isfahan«, sagte Hamad.

»Dann fahre ich eben nach Isfahan«, antwortete Hazrat.

»Tja, das ist nicht so einfach«, erklärte Hamad Sharifi. »Die Fahrt im Autobus dauert neun Stunden und die Straße wird von der Polizei überwacht.«

»Dann werde ich eben versuchen, mich nicht erwischen zu lassen.«

Hamad Sharifi versprach, ihm zu helfen. In einer Winternacht brachte er ihn zur Bushaltestelle, sprach dort mit dem Fahrer und ließ ein paar Scheine in dessen Tasche gleiten. Der Fahrer führte Hazrat in den rückwärtigen Teil des Busses, hob die letzte Sitzreihe an und zeigte Hazrat den Hohlraum, der darunter verborgen war.

»Da müsstest du reinpassen«, sagte er.

»Da müsste ich ganz sicher reinpassen, und ganz bequem«, antwortete Hazrat.

Es war genauso wie damals, als er im Kofferraum von Halims Wagen gereist war, und diesmal musste er sich den Raum mit niemandem teilen. Der Bus fuhr los, und Hazrat dachte bei sich, dass Hamad Sharifi übertrieben hatte. Unter den Sitzen lag er bequem, es war warm und er wurde auch nicht allzu sehr durchgerüttelt. Doch dann blieb der Bus stehen, Polizisten stiegen ein. Hazrat hörte ihre scharfen Stimmen, als sie den Leuten befahlen auszusteigen, und wie sie deren Koffer durchsuchten. Er versuchte, den Atem anzuhalten. Dann fuhr der Bus weiter.

Er hielt noch drei Mal, und Hazrat hoffte bei jedem Mal inständig, dass Hamad Sharifis Geld ausgereicht hatte, um das Schweigen des Fahrers zu erkaufen. Und er hoffte, dass kein Polizist auf die Idee käme, den Hohlraum zu öffnen, in dem er versteckt war.

Doch das Geld schien zu reichen und niemand hob die Sitzreihen an und entdeckte das Versteck. Am nächsten Morgen stieg Hazrat in Isfahan aus.

Die Stadt war weiß. Sie war *nesf-e-jahān,* die halbe Welt. So früh am Tag herrschte noch kein Betrieb, und die Morgendämmerung umschmeichelte die menschenleere Stadt, ihr Anblick war erfrischend wie ein *sherbet* nach der stickigen Reise.

Niaz war ein großer junger Mann, dessen Hals wie bei einem Reiher gebogen war. Er kam auf Hazrat zu und streckte ihm die Hand hin wie einem Erwachsenen. Dann führte er ihn zu seinem Wagen und ließ ihn einsteigen.

Niaz fuhr mit ihm ziemlich schnell zu einem riesigen Platz, dem Naqsch-e-Dschahān, dem »Abbild der Welt«. Dort öffnete sich vor Hazrats Augen die andere Hälfte der Welt. Mit Blumenmustern verzierte Kuppeln in einem unglaublichen Blau oder in Blassgold umgaben den von unzähligen Arkaden geprägten Platz. Die Moschee des Imams, deren Strenge vom spärlichen ersten Morgenlicht gemildert wurde, ragte mit ihrer mächtigen Silhouette in den Himmel auf. In der Mitte des Platzes sprudelte ein riesiger Brunnen mit vielen Fontänen in einem langsamen, musikalischen Rhythmus, dass man sich am liebsten gleich das Gesicht mit Wasser bespritzen und sauber sein wollte.

Hazrat hatte noch nie einen so großen Platz gesehen. Er presste sein Gesicht an die Scheibe und bestaunte ihn fasziniert und verwirrt zugleich.

Niaz fuhr weiter, bis sie zu einem riesigen Parkplatz

kamen, von dem aus eine Fußgängerbrücke in einem komplizierten Rolltreppensystem über die Straße führte.

Hazrat hätte sich nie im Leben vorstellen können, dass so etwas existierte. Treppen, die sich von selbst bewegten. Stufen, die wie von Zauberhand gehoben dem Himmel entgegenstrebten.

»Darf ich da rauf?«, fragte er.

»Natürlich«, sagte Niaz und parkte am Straßenrand. »Nur Mut, geh schon! Worauf wartest du noch?«

Hazrat überlegte es sich kurz, ein wenig ängstlich, doch dann beschloss er, dass sein Freund recht hatte. Er öffnete die Autotür und ging zu den Treppen. Er wartete, bis er an der Reihe war, betrat eine Stufe, und ohne dass er etwas tun musste, ging es sofort nach oben. Isfahan war wirklich die schönste Stadt der Welt, dachte Hazrat. Und das Beste daran waren auf jeden Fall diese Treppen, die von selbst hinauf- und hinunterführten und von mattem Licht beleuchtet wurden.

Voller Begeisterung kehrte er zum Auto zurück, und Niaz brachte ihn zu einer Fabrik, in der Tierknochen zu Dünger vermahlen wurden. Es war eine Fabrik wie jede andere auf der Welt, aber nicht gerade die schönste. Hazrats Schicht begann um vier Uhr nachmittags und endete um acht Uhr am nächsten Morgen. Die Arbeit war genauso anstrengend wie die in der Pistazienfabrik, nur dass er hier wieder in der Gluthitze der

Öfen schuften musste und die Luft stechend nach den Chemikalien stank, die man den Knochen zusetzen musste, damit sie sich auflösten. Hazrat blieb dort nur kurze Zeit. Er suchte sich eine andere Arbeit. Erst als Koch, dann als Maurer. Später wieder als Fabrikarbeiter, aber in diesem Betrieb wurden große Maschinen aus Metall montiert. Und so ging es für ihn weiter in Isfahan: Arbeit, Arbeit und nochmals Arbeit. Und zwischen zwei Schichten sah er sich den großen Platz mit seinem riesigen Brunnen an oder fuhr die Rolltreppen der Fußgängerbrücke hinauf und hinunter und überlegte, dass noch sehr viel geschehen musste.

So vergingen vier Jahre. Vielleicht auch eins mehr oder weniger. Das Einzige, das Hazrat mit Sicherheit wusste, war, dass er in diesen Jahren gewachsen war. Er war richtig stark geworden.

Und inzwischen behandelte ihn niemand mehr wie ein Kind.

Er war härter geworden, misstrauischer, erzählte seine Geschichte nur ungern, und wenn er jetzt einen halben Tag frei hatte, ging er nicht mehr zu den Rolltreppen.

Endlich hatte er die Welt der Erwachsenen betreten.

33

Polizei

DANN KAM ein besonders heißer Morgen.

Er hatte seine Schicht beinahe beendet und die Arbeitskleidung klebte an ihm wie ein Leichentuch. Die Männer um ihn herum gähnten, rieben sich müde die Augen oder zündeten sich eine Zigarette an. Sie waren alle illegale Einwanderer. Und wie alle Illegalen hatten sie immer die Nachtschicht. Die Schicht, die es eigentlich nicht gab. Die Geisterschicht.

»Gehen wir frühstücken?«, schlug jemand ihm vor.

»Frühstücken, wo?«, fragte Hazrat.

»In der Bar, gleich hier nebenan.«

»Warum nicht?«

Er schloss sich seinen Kollegen an und sie gingen ruhig durch das Fabriktor nach draußen. Doch sobald Hazrat auf der Straße war, merkte er, dass etwas nicht stimmte.

»Eine Razzia«, flüsterte ein Arbeiter neben ihm. »Polizei! Lauf!«

Aus dem Augenwinkel sah Hazrat, wie sich ein Dutzend mit Pistolen bewaffnete Männer den Fabriktoren näherten.

Sie trugen zwar Zivil, aber auf ihrer Stirn schien klar und deutlich »Polizei« geschrieben zu stehen.

Ein Schuss zerriss die Stille und er wirkte wie das Startsignal für ein Wettrennen: Die Männer liefen in alle Richtungen auseinander. Hazrat rannte auf die erstbeste Baustelle zu und ein Beamter folgte ihm. »He, Junge, bleib stehen«, rief er.

Der Polizist war selbst noch jung und hatte einen dünnen Schnauzer. Und eine Pistole in der Hand. Er gab einen Warnschuss in die Luft ab, aber Hazrat blieb nicht stehen.

»Ich hab gesagt, bleib stehen, Junge!«

Hazrat flüchtete sich in den Rohbau eines Hochhauses, von dem erst drei Stockwerke errichtet waren, der Boden bestand noch aus festgestampfter Erde, die Wände waren aus nacktem Beton, es gab weder Türen noch Fenster. Keuchend versteckte er sich hinter einem Stützpfeiler. Er hörte, wie der Polizist näher kam: »Junge, komm raus, mach es nicht noch schlimmer.«

Hazrat hörte dann aber, wie der Polizist in einen anderen Raum ging, und schlüpfte schnell in den daneben. Er zitterte. Ein Raum. Und noch ein Raum.

Das war wie früher, wenn er mit Nazok Verstecken gespielt hatte. Der Polizist kam pfeifend näher, Hazrat hörte, wie er den Sicherungshebel seiner Waffe mit einem metallischen Klicken löste und wieder schloss. Hin und her, nur um ihn nervös zu machen. Und das gelang dem Polizisten ziemlich gut damit.

Das Versteckspiel ging noch eine Weile weiter, dann stand der Polizist plötzlich mit gezogener Waffe vor Hazrat.

»Hab ich dich«, sagte er.

Doch Hazrat drehte sich um und rannte weg, wieder einmal, so schnell er konnte. Er rannte hinaus auf die Straße, so schnell wie im Mondtal, während seine Beine ihm so steif wie Holz vorkamen. Der Polizist hatte weder auf ihn geschossen noch hatte er ihn weiter verfolgt.

Dennoch blieb Hazrat nicht stehen. Er rannte aus der Stadt hinaus, ließ die Häuserblöcke der Vorstadt hinter sich und lief zwischen Bäumen und Büschen einen Berg hoch. So lange, bis das Herz in seiner Brust zu platzen schien, da blieb er endlich stehen, um Atem zu holen.

»So kann ich nicht leben«, sagte er sich. »Nein, so kann ich nicht leben.«

Aber er wusste noch nicht, wie er es sonst schaffen sollte.

34

Tanz mit den Sternen

IN DEN MONATEN nach der Razzia dachte Hazrat verzweifelt nach. Es musste doch einen Ort auf der Welt geben, wie er ihn sich wünschte. Einen ruhigen Ort, wo er arbeiten konnte, ohne Angst zu haben, dass man ihn verhaftete, schlug, ins Gefängnis sperrte. Oder sonst was mit ihm machte.

Den musste es doch geben.

Äußerlich betrachtet ging es ihm im Iran gut. Und Isfahan war eine wunderbare Stadt. Er hatte eine Arbeit, und wenn sie ihm nicht passte, konnte er sie wechseln und eine andere finden. Es gab gute Restaurants. Goldene Dächer. Und Brunnen. Es gab genug schattige Plätze für alle. Er lebte ein friedliches Leben: Zusammen mit Niaz bewohnte er eine kleine Wohnung und im Laufe der Jahre war der junge Afghane sein Freund geworden. Der erste richtige Freund, den er je gehabt hatte.

»Ich will weg«, sagte Hazrat eines Tages um die Mittagszeit zu Niaz. »Ich will raus aus dem Iran.«

»Du spinnst doch«, antwortete Niaz. »Du bist hier illegal und wirst es auch woanders sein. Versuch mit dem zufrieden zu sein, was du hast.«

Aber Hazrat konnte damit nicht zufrieden sein. Er wollte etwas anderes. Ein ganz normales Leben. Nur, dass er nicht genau wusste, wie das aussehen sollte.

Auf einmal hob er den Kopf, weil eine seltsame Melodie seine Aufmerksamkeit gefesselt hatte. Der Fernseher in einer Ecke des Zimmers zeigte eine ausländische Sendung, in der wunderhübsche Mädchen in hautengen, ärmellosen T-Shirts auf einer Bühne tanzten. Sie waren barfuß und warfen die Beine in die Luft, als würden sie fliegen.

»Was ist …?«, fragte Niaz.

»Psst!!«, befahl Hazrat.

Er stellte sich vor den Fernseher und sah zu. Als das Lied zu Ende war, klatschte das Publikum stürmisch und eine Frau mit blonden Haaren und hohen Absätzen ging zu den Mädchen und dankte ihnen. Die Frau war schön, aber sie hatte eine tiefe Stimme wie ein Mann.

»Was ist das denn?«, stammelte Hazrat.

»Eine Frau, die wie ein Mann klingt«, antwortete Niaz.

»Das weiß ich, aber was tut sie da?«

»Das ist eine Tanzsendung«, erklärte Niaz. »Mit nackten Tänzerinnen.«

Grinsend machte er eine obszöne Geste. Hazrat packte ihn an der Schulter. »Das sehe ich, aber was für ein Kanal ist das?«

Niaz verengte die Augen zu Schlitzen, befreite sich aus Hazrats Griff und sah vollkommen gleichgültig auf den Bildschirm.

»Das ist ein italienischer Sender. Den übertragen sie ab und zu um diese Zeit.«

»Italienisch heißt, dass er aus Italien kommt?«, fragte Hazrat.

»Man merkt, dass du zur Schule gegangen bist.«

»Und Italien ist in Europa?«

»Ja klar!«, antwortete Niaz genervt.

Hazrats Augen blitzten auf. Er wusste nichts über Europa oder gar über Italien, aber nach dem, was er gerade gesehen hatte, schien es ein schöner Ort zu sein. Schöner als der, von dem er kam. Ein Ort, wo die Tänzerinnen barfuß tanzten und die Leute dann freudig klatschten.

Er setzte sich vor den Fernseher, wandte Niaz den Rücken zu und sah sich die restliche Sendung an.

»Da will ich hin«, sagte er leise.

»Du spinnst doch.«

»Warum?«, fragte Hazrat.

»Weil es schwierig ist, nach Europa zu kommen, besser gesagt, es ist unmöglich.«

Hazrat schnaubte auf. Das war ihm egal. Wie sollte etwas noch unmöglicher sein, als das Mondtal zu durchqueren oder aus der Schule der Grauen zu entkommen?

»Das, was du getan hast, ist gar nichts dagegen.«

Hazrat schnaubte wieder. Er glaubte Niaz nicht.

»Du musst die Grenzen von drei oder vier Ländern überschreiten, und das illegal, ohne Papiere. Und je näher du Europa kommst, desto schlimmer wird die Grenzpolizei. Von hundert Männern, die aufbrechen, erreicht nur einer sein Ziel. Und der oft noch nicht einmal heil und gesund.«

Hazrat schnaubte wieder. »Kommst du mit?«, fragte er.

»Du spinnst doch, Hazrat.«

»So bin ich eben. Wenn du schon nicht mitkommst … hilfst du mir dann wenigstens?«

Niaz legte das Besteck auf dem Teller ab und sagte kopfschüttelnd: »Das gefällt mir nicht. Das gefällt mir überhaupt nicht. Aber ich werde dir helfen.«

Also machten sie das, was sie schon so oft getan hatten: Sie hörten sich um. So lernten sie bald einen kennen, der ein Freund war von jemandem, der wieder von einem Mann gehört hatte. Dieser Mann war ein Händler und Schmuggler aus dem Iran. Er behauptete, er könne ihn nach Europa bringen. Hazrat kaufte sich ein neues Paar Turnschuhe, so wie sie die Cowboys trugen, und einen neuen Schal. Diesmal mit einer Mütze.

Er gab Niaz alles Geld, das er noch hatte.

»Nimm du das, Bruder«, sagte er.

»Das geht nicht.«

»Natürlich geht das. Und wenn ich dich holen komme …«

Niaz lächelte. Dieser Satz blieb besser so unvollendet zwischen ihnen stehen.

»Ich bewahre es für dich auf, Bruder«, sagte er.

Hazrat umarmte ihn, dann wandte er sich an den Menschenschmuggler und sagte: »Ich bin bereit.«

»In drei Tagen brechen wir auf.«

Hazrat zählte im Kopf die Tage nach, also würde es am zweiten April losgehen.

Er wollte noch etwas einwenden, doch dann überlegte er es sich.

»In Ordnung«, flüsterte er nicht ganz glücklich.

Na ja, eigentlich konnten ja alle Tage ungerade sein.

35

Der Kettenraucher

EINS DER von Reisenden am eifersüchtigsten gehüteten Geheimnisse ist, dass die Reise selbst der langweiligste Teil an dem ganzen Abenteuer ist. Und obwohl es überall hieß, dass es Dutzende Arten zu reisen gebe, kannte Hazrat bloß die eine: Flucht. Im Flüchten war er inzwischen ein Profi, als hätte er niemals etwas anderes in seinem Leben gemacht. Er war vor Pawam Bar Kuol und seinen Dämonen geflohen, vor seinem Bruder Karim, er war aus Afghanistan, aus Pakistan und vor Dem-an-das-er-sich-nicht-mehr-erinnern-wollte geflüchtet, dann wieder aus Afghanistan, und jetzt hatte er vor, aus dem Iran zu fliehen. Er war zu Fuß, im Auto, im Lastwagen und im Bus geflüchtet. Allein oder mit anderen Verzweifelten wie ihm. Bei Tag oder bei Nacht, bei Hitze oder Kälte, in Sandstürmen oder unter dem stillen Mond. Er kannte jedes

Problem, das bei einer Flucht auftauchen konnte, Angst und Schmerz, Bewegung und Stillstand. Hell und Dunkel. Felsen und Stacheldraht. Die Stimmen der Polizisten klangen alle gleich. Die unbekannten Sprachen klangen alle gleich. Jedes Leben auf der Flucht wog geringer als das der anderen. Und das eigene Leben ungleich mehr.

Sein Plan, nach Europa zu gelangen, begann in Teheran, im Autobus, und ihm war nicht einmal genug Zeit geblieben, sich die Kuppeln und Minarette der Landeshauptstadt anzusehen. Überraschenderweise musste er sich diesmal in kein altersschwaches Transportmittel quetschen, sondern man ließ ihn in einen glänzenden schwarzen Mercedes einsteigen, wo er sich etwas befangen umzog und in westliche Kleidung schlüpfte. Als sie von der Polizei angehalten wurden, tat er so, als würde er schlafen, als wäre er der Sohn von einem reichen Mann. Man fragte ihn nicht nach seinem Ausweis. Der Mercedes war der beste Ausweis der Welt. Er brachte ihn brummend über die Straßen bis in die Berge und ließ ihn dann vor einer Holzhütte zurück, die schmutzig roch. Inzwischen war Hazrat in der Lage, die üblichen Kennzeichen von Flüchtlingen und deren vorläufigen Verstecken zu erkennen. Er blieb eine Woche in der Hütte dort, ohne einmal vor die Tür zu kommen. Er aß Erbseneintopf und gekochtes Gemüse. Redete mit niemandem. So wie er kamen noch fünf oder sechs weitere Flüchtlinge an: Mit weit aufgerissenen Augen, die Hände tief in die Taschen vergraben, umklammerten sie fest ihr letztes Geld, und beim kleinsten Geräusch fuhren ihre Köpfe jedes Mal ruckartig in die Richtung, aus der es gekommen war. Sie sprachen nie miteinander. Sie stellten sich mit falschen Namen vor. Oder mit den echten. Das machte keinen Unterschied. Sie interessierte nur eins: was als Nächstes passieren würde. Und das war eine Überraschung. Diesmal kam gleich eine ganze Kolonne von Luxuskarossen, alte Limousinen mit getunten Motoren, die bereits mit anderen Flüchtlingen vollgestopft waren. Aber keiner reiste im Kofferraum. Sie waren mit grünen Paketen vollgestopft, die mit braunem Klebeband fest verschlossen waren. Hazrat machte es sich auf einem weichen, etwas schmuddelig-klebrigen Sitz bequem. Er hielt sich am Griff über dem Seitenfenster fest, als wäre er ein Fallschirmspringer. Ihre Fluchthelfer mussten Profis sein, dachte er. Sie durchquerten das Bergland des Iran bis zu einem baumlosen Tal, und von dort liefen sie in der Nacht weiter, eng aneinandergedrängt wie eine Herde Ziegen, durch Schluchten, Wälder, Felsspalten. Sie erreichten eine andere Hütte, aber nicht alle, die aufgebrochen waren, sah er wieder, als sie sich dort zum Ausruhen hinlegten. Wie viele Menschen hatten sie in den Wäldern zurückgelassen? Zehn? Fünfzehn?

In der Nähe der Hütte wartete ein Lastwagen auf sie, und ein Schmuggler sagte: »Willkommen in der Türkei!«

Sie fuhren am nächsten Tag weiter, nachdem sie eine zu heiße Suppe mit hartem Brot zu essen bekommen hatten. Der Lastwagen hörte sich an wie ein Panzer, sagte einer seiner Fluchtgefährten.

»Und woher weißt du das? Hast du jemals einen Panzer gesehen?«, fragte ihn ein anderer.

»Ja. In der Wüste.«

»Und was hatte ein Panzer in der Wüste zu suchen?«

»Es war ein Panzer der Cowboys.«

»Und was hast du bei den Cowboys gemacht?«

»Ich war Dolmetscher«, antwortete der Mann. Dann lachte er: »Sie hatten mir versprochen, mich mitzunehmen.«

Stattdessen war er nun hier bei ihnen, mit fünfzig anderen Verzweifelten auf der Flucht, und versuchte, sich bei der holprigen Fahrt in einem alten türkischen Laster nicht alle Knochen zu brechen.

Als sie ins Tal kamen, wurden sie von der Polizei entdeckt, und der Lastwagen beschleunigte. Die Polizisten eröffneten das Feuer und die Planen des Anhängers wurden von den Kugelsalven auseinandergerissen. Aber sie hielten nicht an. Und keiner von ihnen wurde getroffen. Hazrat steckte einen Finger durch ein Loch, das die Geschosse in der Plane hinterlassen hatten, und dachte dabei an nichts Bestimmtes. Jedenfalls an nichts, das er in Worten hätte ausdrücken können.

In der Stadt Van in der Türkei setzten die Schmuggler sie in einen Linienbus und statteten alle mit falschen Papieren aus. Hazrat hatte noch nie einen solchen Ausweis besessen, mit seinem Foto, einem Namen und einem Geburtsdatum. Es war alles falsch, bis auf das Foto. Er fuhr mit einem Finger über seine Narben. Mit dem Bus erreichten sie Istanbul, wo sie die Papiere wieder abgeben mussten und sich in einem Hotel versteckten, das die Schmuggler zu diesem Zweck vollständig gebucht hatten. Hazrat erhielt den Schlüssel zu seinem Zimmer, zögerte etwas, weil er erst begreifen musste, was er damit sollte, dann stieg er ins entsprechende Stockwerk hoch und öffnete die Tür. Ungläubig wanderte er durch den Raum: Er hatte ein Bett ganz für sich allein. In der ersten Nacht legte er sich in seinen Kleidern darauf und bekam kein Auge zu. Er glaubte fest, sobald es dunkel war, würde jemand kommen und ihn fortbringen. In der zweiten Nacht dagegen schlief er. Und auch in den darauffolgenden Nächten. Ganze zwanzig Tage verbrachte Hazrat in dem Hotel, ohne es einmal verlassen zu dürfen, und freundete sich aus Langeweile mit einem der Schmuggler an, einem dunkelhäutigen Türken, der ununterbrochen rauchte.

»Wie könnt ihr so gut organisiert sein?«, fragte er ihn

eines Abends. »Luxuswagen, Lkws, falsche Papiere und jetzt ein ganzes Hotel … Bezahlt ihr das alles von unserem Geld?«

»Wir können uns auf Unterstützung von oben verlassen. Leute aus der Regierung, wenn du weißt, was ich meine.«

Hazrat wusste zwar nicht, was er meinte, aber er fragte nicht weiter nach. »Das ist gut«, sagte er.

»Ja«, antwortete der Mann. »Du hast bestens entschieden, dich uns anzuvertrauen.«

»Hatte ich eine Wahl?«

Der Kettenraucher bot ihm eine Zigarette an.

»Und was sind das für Pakete, die mit uns reisen?«, fragte Hazrat. Er hatte gesehen, wie sie immer wieder zusammen mit ihnen umgeladen wurden. Weiche Pakete in Papier oder Plastikfolie, die mit Klebeband fest verschlossen waren. Sie fuhren mit ihnen in den Kofferräumen der Autos und in den doppelten Böden der Lieferwagen, zwischen den Kisten mit den Lebensmitteln. Ab und zu verschwanden sie, als wären sie vom Erdboden verschluckt worden, aber dann tauchten sie bei der nächsten Etappe auf geheimnisvolle Weise wieder auf, als ob sie immer bei ihnen gewesen wären.

»Pakete«, antwortete der Raucher. »Ganz einfach Pakete.«

»Du nimmst mich auf den Arm.«

»Ich kann dir sagen, dass jedes von ihnen so viel wert ist wie die Leben von uns allen zusammen.«

»Wie kann das denn sein?«, fragte Hazrat.

Der Schmuggler schloss die Augen, drückte seine Zigarette aus, sah den Jungen böse an und sagte nichts mehr.

Nach den zwanzig Tagen, in denen sie das Hotel nicht verlassen durften, wurden die Flüchtlinge auf kleine Lieferwagen geladen, dort lagen sie übereinandergestapelt wie Obstkisten. Viele von ihnen weinten und fühlten sich schrecklich unwohl. Sie waren eben noch nie zu viert in einem Kofferraum gereist, so wie Hazrat.

Sie hielten irgendwann auf freier Strecke mitten im Sumpfland an. Hinten in den Lieferwagen waren die üblichen grünen Päckchen in Schichten gestapelt. Die Schmuggler befahlen den Flüchtlingen, diese auszuladen und in große Wanderrucksäcke zu stecken, dann forderten sie die zweite Rate für die Reise von denen ein, die sie noch nicht bezahlt hatten. Hazrat hatte Niaz geschrieben, er solle sich darum kümmern, während sie noch im Hotel waren, und sein Freund hatte zum Glück bezahlt.. Wer das Geld nicht hatte, wurde dort im Sumpfland zurückgelassen.

Die anderen gingen zu Fuß weiter und folgten einigen Führern, die unter der schweren Last der Rucksäcke gebeugt voranliefen. Und während sie diese Sümpfe durchquerten, stießen weitere Flüchtlinge zu ihnen, die über andere verborgene Pfade gekommen waren. Illegale Einwanderer wie sie. Einige waren blond und hatten helle Haut, andere waren klein, wirkten orientalisch mit ihren schmalen, lang gezogenen Augen, wieder andere waren schwarz wie die Nacht. Sie liefen zwölf Tage lang fast ununterbrochen, legten nur kurze Pausen ein, um etwas zu essen oder ein paar Stunden bei Dunkelheit zu schlafen. Es gab immer einen, der ein schwaches Feuer unterhielt. Und einen, der rauchte. Und Hazrat rauchte mit ihnen.

Er versuchte, in der Nähe des Rauchers zu bleiben, der sich wie schon im Hotel eine Zigarette nach der anderen angezündet hatte, und obwohl der Rucksack so schwer wirkte, als würde er ihm gleich das Kreuz brechen, bat er Hazrat nicht ein einziges Mal um Hilfe.

Er hatte ihm gesagt, dass diese Pakete wertvoll waren. Vielleicht waren sie zu wertvoll, um sie einem jungen Kerl zu überlassen.

»Soll ich …?«, fragte er ihn, als er sah, wie der Mann strauchelte.

»Nein«, antwortete der Kettenraucher.

Hazrat fragte nicht noch einmal, aber er blieb trotzdem in seiner Nähe. Er interessierte sich nicht für den Raucher, sondern für das, was er trug. Wenn diese Pakete wirklich so wertvoll waren, würde er sie niemals aus den Augen lassen. Nicht einen Moment. Er wusste inzwischen nur zu gut, dass nur die wertvollen Dinge beschützt wurden, und vielleicht würde man auch ihn beschützen, wenn er in deren Nähe blieb.

Zumindest ein bisschen.

Und sei es auch nur aus Versehen.

36

Die Spieler

In den zwölf Tagen, die sie sich durch den Sumpf kämpften, wurden Hazrat und der Raucher keine Freunde: Ein Schmuggler und ein Illegaler, das ging nicht zusammen. Doch der Raucher sagte ihm, dass er in Trabzon in der Türkei geboren war, und Hazrat erzählte ihm von seinem Heimatdorf. Mit der Zeit gewöhnten sie sich aneinander, und manchmal ließ der Raucher ihn an die Vorräte, die er zusammen mit den grünen Paketen im Rucksack trug. Sie stammten aus irgendeinem Armeebestand: Dosen mit Pökelfleisch und nährstoffhaltige Pülverchen, die man in Wasser auflösen musste. Der Raucher sagte, dass sie ekelhaft schmeckten. Aber Hazrat schmeckten sie noch besser als dieses köstliche *dashee* mit den vielen frischen Tomaten, das er mit Halim vor seinem Aufbruch in den Iran gegessen hatte.

»Kannst du mir wenigstens sagen, wo wir sind?«, fragte er eines Tages den Raucher.

Sie saßen auf einer Sandinsel mitten im Sumpfland und lehnten mit dem Rücken an einem krummen Baum. Die anderen Flüchtlinge hatten sich um sie verteilt wie die Flecken auf einem Leopardenfell.

Der Raucher drückte eine Zigarette aus, zündete sich eine andere an und holte dann eine zerknitterte Karte hervor.

»Wir sind hier«, antwortete er und zeigte mit dem Fingernagel auf das nordwestliche Grenzland der Türkei. »Und das da ist die Grenze.«

»Wir sind also fast da«, stellte Hazrat fest. »Und was ist das dahinter?«

Er hatte seinen Finger neben den des Rauchers gelegt, auf die gelbe Schlangenlinie, die die Grenze darstellte.

»Bulgarien.«

»Und Bulgarien ist in Europa?«

»Das weiß keiner. Nicht einmal die Bulgaren.«

Der Raucher lachte, aber Hazrat verstand den Witz nicht. Er betrachtete die Karte, es fehlte noch knapp ein Daumenbreit. Nur noch so wenig, ehe sie es geschafft hatten.

»Ich sage, wir sind in Europa.«

Der Raucher grinste: »Oh nein. Jetzt kommt der schwierige Teil.«

»Der schwierige Teil?«

»Schau dich um. Wie viele Leute sind jetzt hier?«

»Fünfzig?«, fragte Hazrat.

»Wenn ihr Glück habt, kommen zwanzig davon durch.«

»Und warum?«

»Weil auf der anderen Seite die Spieler sind.«

»Wer?«

Das wären meistens noch junge Kerle, erklärte ihm der Raucher. Viele aus gutem Haus. Soweit Bulgaren das sein konnten, fügte er hinzu. Es waren gelangweilte reiche Jungs, Taugenichtse, die bewaffnet waren. Söhne von ehemaligen sowjetischen Funktionären. Die sich die guten alten Zeiten zurückwünschten, wenn er wüsste, was er meinte.

Hazrat wusste zwar wieder einmal nicht, was der andere meinte, aber er ließ ihn reden. Anscheinend teilten sich die Spieler in Gruppen und patrouillierten im Sumpf auf der bulgarischen Seite der Grenze. Ihr Spiel bestand darin, die Illegalen aufzustöbern. Für jeden von ihnen gab es unterschiedlich viel Punkte. Je nachdem, wie schnell sie liefen oder welche Hautfarbe sie hatten. Und was sie dabeihatten.

»Also erschießen sie uns?«, fragte Hazrat.

»Wenn sie dich erschießen, ist das noch das Beste.«

Hazrat dachte an die Grenzpolizei im Iran und überlegte, dass der andere recht hatte.

»Bist du ihnen je begegnet?«, fragte Hazrat.

»Ja«, erwiderte der Raucher. »Und morgen kommen wir in ihr Gebiet.«

»Und was willst du tun?«

»Ach, nichts. Normalerweise schießen sie nicht auf Leute wie mich. Ich bin der mit dem Rucksack, der Führer, erinnerst du dich? Und wenn sie mich erschießen, kommen keine Illegalen mehr.«

Er drückte die Zigarette aus. »Aus das Spiel.«

Hazrat schwieg und beschloss, dass er sich trotzdem an den Raucher halten würde und an sein Schutzschild aus grünen Päckchen.

Am nächsten Tag verließen sie gegen elf Uhr die Sümpfe und liefen nun über vertrocknetes, verlassenes Heideland, das von den tiefen Reifenspuren der Jeeps durchpflügt war. Der Raucher war nervös, er schaute ständig auf die Uhr und knurrte, dass sie sich verspäteten. Hazrat begriff, dass er auf die Leute wütend war, die die Führer abholen und in Sicherheit bringen sollten.

Plötzlich hörte man Fahrzeuge, das Aufheulen alter Dieselmotoren, und der Raucher lächelte. Doch dann hallten die ersten Schüsse fern in der Ebene und der Raucher lächelte nicht mehr.

»Das sind sie«, sagte er. »Die Spieler.«

Die Panik breitete sich wie eine Welle unter den Männern aus und sie stoben in ihrer Angst in sämtliche

Himmelsrichtungen auseinander, flüchteten verwirrt wie eine Herde Wildpferde vor den Jägern.

Die Schüsse kamen näher, und Hazrat machte das, was er am besten konnte: Er rannte schnell. Er sprang über die Löcher im Boden und lief noch schneller. Seine Turnschuhe wie die von den Cowboys berührten kaum den Boden, sodass sie keine Spuren hinterließen. Er überholte auch den Raucher, der unter der Last des Rucksacks keuchend vorwärtslief.

Hazrat zögerte einen Augenblick, dann kehrte er um und half ihm. Er nahm ihm den Rucksack ab und lief dann zusammen mit ihm. Das Blut pochte so heftig in seinen Adern, dass ihm fast die Augen platzten, aber ihn trieb der Gedanke an, dass der Raucher und sein wertvoller Rucksack vielleicht sein einziger Passierschein nach Europa wären.

Der Raucher und er duckten sich ins verdorrte Gras, um zu Atem zu kommen. Sie hörten, wie die Jeeps näher kamen. Außerdem einige Schreie. Gelächter. Noch einen Schuss. Dumpf und grollend. Er hatte niemanden gesehen, weder einen von den Spielern noch diejenigen, die sie nun angriffen, aber er wollte keinem begegnen. Ihm reichte, was er hörte. Und das, was ihm der Raucher am Abend vorher erzählt hatte.

»Schaffst du es?«, fragten der Raucher und er einander gleichzeitig.

Dann liefen sie wieder los. Sie sahen die Dächer

eines kleinen Dorfes und andere fünf oder sechs Illegale, die mit ihnen liefen. Noch einen Führer mit einem Rucksack. Sie verständigten sich mit Gesten und begannen zu rennen. Sie sprangen über einen Graben und einen Zaun, hinter dem ein Gemüsegarten lag, und dann liefen sie plötzlich durch die wenigen schlammigen Straßen des kleinen Dorfes. Sie sahen auf dem Boden ein paar Blutspuren. Irgendjemand war getroffen worden, aber er war weitergerannt. Die Türen und Fenster der Häuser waren verrammelt.

Sie bogen um eine Ecke. Und um noch eine. In der Ferne hörten sie den Motor eines Jeeps röhren.

Als sie beinahe das letzte Haus des Dorfes erreicht hatten, wurde eine Tür einen Spalt geöffnet und das faltige Gesicht einer alten Frau erschien.

»Kommt herein«, sagte sie auf Türkisch. Oder vielleicht sagte sie auch: »Versteckt euch hier.«

Der Raucher, Hazrat und noch ein Dutzend Leute drängten sich in das Haus. Es war dunkel und roch nach verkochtem Kohl.

Hazrat sah sich um: Drei waren illegale Einwanderer wie er. Die anderen waren die Führer der Schmuggler. Keuchend luden sie ihre Rucksäcke ab.

Die alte Frau kochte ihnen mit langsamen Bewegungen Tee, während man draußen weitere Schüsse hören konnte. Alles wirkte irgendwie unwirklich.

»Möge Gott dich segnen, alte Frau«, sagte Hazrat, als er seinen Tee trank.

»Möge Gott dich segnen«, sagte der Raucher grinsend, dann überreichte er der Alten eine fest zusammengedrehte Rolle vergilbter Banknoten.

Die alte Frau nahm sie und ließ sie in ihrem zerknitterten Ausschnitt verschwinden.

Hazrat starrte in den trüben Strudel seines Tees. Wer wusste schon, ob die alte Frau sie schützte, um ihnen zu helfen, oder ob sie das immer machte. Und ob sie sie beschützt hatte oder die Rucksäcke mit den grünen Päckchen.

Wie auch immer, Hazrat hatte jedenfalls recht gehabt.

Du musst immer neben etwas Wertvollem laufen. Dann wird das Wertvolle dich beschützen.

37

Der Zug in die Freiheit

So KAMEN sie nach Bulgarien.

Wie der Raucher vorhergesagt hatte, waren nur etwa fünfzehn illegale Einwanderer über die Grenze gekommen und bildeten nun ein verlorenes Grüppchen von zerlumpten, ausgezehrten Gestalten. Beim nächsten Treffpunkt schlossen die Führer sie mit anderen Gruppen von Illegalen zusammen, die es über irgendwelche Pfade und Straßen ebenfalls bis hierher geschafft hatten. Sie zeigten ihnen eine Karawane von vier schrottreifen Lkws und diese Laster brachten sie zu einer Eisenbahnlinie. Es sah so aus, als ob sie schon seit Ewigkeiten nicht mehr in Betrieb wäre, und doch wartete da ein Güterzug mit einer Diesellok auf sie. Die verrosteten Waggons waren mit Ziegelsteinen beladen. Hazrat fragte sich kurz, ob vielleicht welche darunter sein konnten, die er selbst vor so langer Zeit in der Fabrik in Pakistan gebrannt hatte, der Fabrik, die vom Hochwasser zerstört worden war. Und er glaubte, dass der Zug bestimmt ihr nächstes Transportmittel wäre. Aber er sollte sich irren. Er half dem Raucher, die grünen Päckchen zwischen die Ziegelsteine in eigens dafür vorgesehenen Nischen zu verstauen, die von außen nicht zu erkennen waren, und fragte ihn ein letztes Mal: »Was ist da drin?«

»Hast du das immer noch nicht begriffen?«, erwiderte der Raucher.

Hazrat hatte es nicht begriffen, aber er hakte nicht nach. Sobald die Rucksäcke geleert waren, ertönte ein Pfiff, die Lokomotive setzte sich in Bewegung und stieß dabei dunkle, ölige Rauchwolken aus. Die illegalen Einwanderer blieben verwirrt zurück und sahen einander ratlos an, weil sie nicht wussten, was sie sonst tun sollten.

»Ihr müsst den Schienen folgen«, sagte der Raucher zu ihnen, als der Zug weit genug weg war. »Lauft im Schutz der Pflanzen, versteckt euch, wenn ein Zug vorbeikommt, und lasst euch nicht erwischen. Aber beeilt euch.«

»Warum?«, fragte Hazrat.

»Wenn ihr euch beeilt, seid ihr morgen in Griechenland.«

Hazrat konnte es nicht glauben. Er betrachtete die Schienen, die in die Ferne führten, und als er sie ganz hinten am Horizont verschwinden sah, wurde ihm zum ersten Mal bewusst, wie erschöpft er war und wie hungrig.

»Und wenn wir in Griechenland sind?«, fragte er.

Der Raucher zuckte mit den Achseln. »Sobald ihr in Griechenland seid, ist das eure Sache. Ihr seid in Europa. Folgt den Schienen, durchquert Bulgarien und seht zu, dass ihr nach Griechenland kommt. Das ist alles, was ich euch sagen kann. Ansonsten schert euch zum Teufel.«

38

Zimmer mit Aussicht

UND SO LEGTE Hazrat das letzte Stück der Reise, die ihn in das Land bringen sollte, in dem man tanzte, auf sich selbst gestellt zurück. Aber er konnte wirklich nicht ans Tanzen denken, obwohl er sich sehr bemühte, sich an die Tänzerinnen zu erinnern, an die Frau, die klang wie ein Mann, die Musik und den merkwürdigen Klang ihrer Sprache. Er war einfach zu müde, zu zermürbt und zu verängstigt, um an etwas anderes zu denken als daran, einen Fuß vor den anderen zu setzen, den Schwellen der Schienen zu folgen. Er lief langsam, manchmal mit den anderen Illegalen, öfter allein. Er ließ sich stumm von ihnen überholen, oder er überholte sie, und hielt die Wasserflasche an seinem Gürtel fest umklammert. Er lief auf der Eisenbahnstrecke und war stets auf dem Sprung, beim geringsten Geräusch von den Gleisen zu springen.

Mitten in der Nacht pfiff ein Güterzug und fuhr kaum eine Handbreit von ihm entfernt an ihm vorbei, dass es ihm den ganzen Körper durchrüttelte. Hazrat glaubte, am Seitenfenster der Lokomotive eine brennende Zigarette zu erkennen, und er fragte sich, ob das die Kippe des Rauchers sein könnte. Aber dann, als das Donnern des Zuges sich in der Dunkelheit verlor, schalt er sich einen Dummkopf, dass er so etwas gedacht hatte. Wie viele Menschen gab es wohl auf der Welt, die rauchten? Er zählte die durch, die er kennengelernt hatte, und während er dies tat, zählte er auch die Schritte, die seine Beine ihn weitertrugen und so die Entfernung verkürzten zwischen dem Nichts, in dem er sich gerade befand, und der Grenze zu Griechenland. Er versuchte sich die Grenze vorzustellen, diese gestrichelte Linie, die man nur auf den Landkarten sehen konnte, die von Kartografen gezeichnet worden waren. Würde sie ein Fluss sein? Ein Sumpf? Eine Ebene? Ein Gebirgspass? Eine Grenzstation, der von bewaffneten Männern kontrolliert wurde?

Wieder einmal gelang es der Welt, die er im Laufschritt durchquerte, ihn zu überraschen. Die Grenze mit Griechenland war ein Obsthain. Aber das hatte sich keiner von ihnen vorstellen können.

Sobald sie ihn sahen, liefen sie zwischen den Bäumen umher und schüttelten Früchte von den Zweigen.

Sie glaubten, sie hätten das Paradies gefunden. Aber das war es nicht.

»Das ist der Garten der Hesperiden!«, rief einer der Illegalen, der in seinem früheren Leben die Sage von Jason und den Argonauten gelernt hatte. Sie waren keine Argonauten, und es war auch nichts Heldenhaftes an ihrer Reise, aber Hazrat gefiel die Art und Weise, wie dieser Mann die auf den Boden gefallenen Äpfel an sich presste und ihnen einen hochtrabenden Namen gab, weil er von dem Wunsch beseelt war, Teil einer Reihe von Helden zu sein und von Abenteuern, die in einer zu fernen Zeit passiert waren, als dass sie außerhalb von Geschichten hätten überleben können.

Ihre Geschichte war jedoch viel banaler: Dieser Obsthain war eine Falle der Zollbeamten.

»Halt!«, schrie jemand drohend, der sich jedoch freundlicherweise erst dann zu Wort meldete, als sie bereits einige Äpfel gegessen hatten. »Oder wir eröffnen das Feuer!«

Der Mann sprach eine fremde Sprache und seine Stimme war durch das Megafon verzerrt, aber Hazrat brauchte keinen Übersetzer. Genauso wenig wie er später einen brauchte, als die Polizisten sie aufforderten, die Hände hochzunehmen und ihre Papiere zu übergeben.

Hazrat tat alles, was er tun konnte: Er nahm die Hände hoch.

Er wurde wie die anderen mit Plastikbändern gefesselt, in eine Polizeistation gebracht, durchsucht und ausgezogen. Ein Polizist lief mit einem Blatt, auf dem etwas in verschiedenen Sprachen stand, durch ihre Reihen und las abwechselnd laut vor.

»Wer seid ihr, wie heißt ihr, wie alt seid ihr? Wer hat euch geholfen, herzukommen?«

Sie wurden nacheinander in ein anderes Büro geführt. Als Hazrat an der Reihe war, nahm ein Zollbeamter ein Handy und zertrat es mit dem Absatz, als wollte er ihm zu verstehen geben, dass er dasselbe auch mit ihm machen könnte. Er fragte ihn, wer er war, wie er hieß, wie alt er war. Wer ihm geholfen hatte, nach Griechenland zu kommen.

Hazrat antwortete, dass er Afghane sei, dass er einen falschen Namen benutzt hatte und dass er zweiundzwanzig Jahre alt sei, denn in Europa durften Minderjährige nicht arbeiten, und er wollte arbeiten. Er sagte, niemand hätte ihm geholfen, nach Griechenland zu kommen.

Die Polizisten rieten ihm, die Wahrheit zu sagen. Und er wiederholte dieselbe Geschichte. Er hatte sie in dem Hotel in Istanbul auswendig gelernt. Sie verprügelten ihn, aber Hazrat änderte kein Wort daran. Und bei jedem Schlag dachte er an den Raucher, an dessen Pakete und an seinen älteren Bruder. Er wusste genau, was er tun musste: sich zu Boden fallen lassen und so tun, als wäre er ohnmächtig geworden. Und nie, nie versuchen, die Hände zum Schutz vor den Kopf zu legen, denn dann würden sie doppelt so wütend werden. Er wiederholte seine Geschichte, handelte sich weitere Schläge ein und blieb stumm, bis man ihn zu den anderen in die Zelle sperrte. Und dort wechselte er sich mit den anderen ab, aus dem einzigen Fenster im Raum nach draußen zu schauen.

Der Himmel war grau. Und viel weiter entfernt als in Afghanistan. Zum ersten Mal in seinem Leben dachte Hazrat, dass er alles falsch gemacht hatte. Dass er besser bei seinem einzigen Freund in Isfahan geblieben wäre. Dann wäre er eben weiter vor der Polizei davongelaufen, wenn es Razzien gab. Als die Zollbeamten eine Woche später zurückkehrten, hatten sie wieder ein Blatt in verschiedenen Sprachen dabei, in dem stand, dass die griechische Regierung die illegalen Einwanderer nicht mit Ausweisung bestrafte, sondern dass sie gegen die Zahlung einer Kaution noch am selben Tag freikämen.

Eine Kaution, dachte Hazrat, und sein Herz tat einen Sprung. Er erinnerte sich, wie sein Vater bei den Grauen im Gefängnis gesessen hatte. Er wusste, was eine Kaution war: Damit kam man ins Gefängnis und damit kam man auch wieder aus dem Gefängnis heraus.

»Ich kann zahlen«, sagte Hazrat. »Aber dafür muss ich jemanden anrufen.«

Man ließ ihn aus der Zelle und brachte ihn zu einem Telefon.

»Was ist? Hast du die Nummer vergessen?«

Oh nein. An die erinnerte er sich genau. Sie war das, woran er sich am besten erinnerte. So läuft es unter Freunden. Man vergisst niemals etwas.

»Niaz?«, fragte er, als er dessen Stimme ganz weit weg am anderen Ende der Leitung hörte.

39

Es gibt keine Neun ohne die Zehn

HAZRAT HATTE noch nie eine so hässliche Stadt gesehen wie Athen. Wenn das Europa war, hatte er wirklich einen schrecklichen Fehler begangen. Athen kam ihm schmutzig vor, gewalttätig, verdorben. Menschen bettelten am Straßenrand, manche schliefen mitten auf der Straße auf dem Boden. Andere hatten erloschene, matte Augen wie die von Puppen. Er fand niemanden, der seine Sprache sprach, aber irgendwie begriff er schließlich, was in diesen grünen Päckchen war, die fast den gesamten Weg vom Iran über die Türkei und Bulgarien nach Griechenland mit ihm gereist waren. Und nun verstand er auch, wie die Strecke genannt wurde. Das war nicht die Seidenstraße, pure Erfindung eines Schriftstellers, der vom Orient fasziniert war, sondern die Straße des rosafarbenen Mohns aus Afghanistan. Die Drogenstraße.

Schlagartig begriff Hazrat, wie diese Schmuggler so reich und gut organisiert sein konnten. Die illegalen Einwanderer waren ihre Deckung. Der Köder, der die Blicke und die Gewehre der Grenzsoldaten auf sich zog. Und während sie die Blätter gelesen hatten, die in verschiedenen Sprachen geschrieben waren, hatte die wichtigste Ladung der Schmuggler auf der Mohnstraße ungestört den Balkan durchquert und sich dort verloren wie Schnee auf den Bergen.

Hazrat begriff das, aber er konnte nichts dagegen tun. Ihm blieb nur eins, um jeden Preis Athen und seine trostlosen Straßen hinter sich zu lassen. Er schmuggelte sich als blinder Passagier in ein Frachtflugzeug nach Deutschland, aber er wurde vor dem Start erwischt. Er versuchte es als illegaler Einwanderer mit einem Passagierflugzeug nach Deutschland, aber er wurde am Flughafen gestoppt und man zog seinen falschen Pass ein. Er ging auf ein Passagierschiff nach Spanien, aber kurz bevor es den Hafen verließ, wurde er aufgegriffen. Er versuchte es noch einmal mit einem französischen Schiff, aber er wurde direkt nach seiner Ankunft in Marseille zurückgeschickt. Dann probierte er es mit einem Flugzeug nach Ungarn. Einem nach Norwegen. Einem Schiff nach Schweden. Einem Flugzeug nach Italien.

Doch sosehr er es auch versuchte, er blieb weiter in der Stadt gefangen, in der er sich mit einer Kaution die Freiheit erkauft hatte.

So seltsam das klingen mag, Hazrat fühlte sich nach jedem Fehlschlag stärker. Die Leute, die ihn zurückschickten, waren nicht aus Afghanistan hierhergekommen, sie hatten sich nicht durch einen Sandsturm gekämpft und hatten niemals die eiserne Disziplin einer Madrasa des Korans kennengelernt. Er hatte gelernt, nicht zu denken. Und er dachte nicht.

Nach neun erfolglosen Fluchtversuchen versuchte Hazrat es ein zehntes Mal. Er gab einem Seemann sein letztes Geld, damit er ihn auf ein Containerschiff ließ. Er versteckte sich zwischen den versiegelten Kisten und sah zu, wie der Hafen von Patras im Licht der untergehenden Sonne verschwand.

Am nächsten Tag legten sie kurz vor Mittag im Hafen von Ancona an.

In Italien.

Es war der 19. Oktober 2010.

Selbstverständlich ein ungerader Tag, und sobald er den Boden des Landes berührte, in dem man tanzte, fing Hazrat an zu weinen und fragte sich, warum die Tränen immer paarweise fielen.

40

Mein Name ist »der Reisende«

DIE HAFENPOLIZISTEN kamen ihm in etwa so freundlich vor wie die griechischen Beamten: Sie nahmen Hazrat mit und brachten ihn in die Kaserne. Er verstand nicht, was sie sagten, aber der Klang ihrer Stimmen, der mal sanft, mal drohend war, ließ nur eine Deutung zu. Sie wollten ihn zurückschicken. Wieder nach Griechenland.

Das macht nichts, dachte Hazrat. Ich werde eben noch mal fliehen.

Die Beamten versuchten in mindestens zehn verschiedenen Sprachen, mit ihm Kontakt aufzunehmen, er dachte dabei, dass sie zwar barsch zu ihm gewesen waren, aber ihn wenigstens nicht geschlagen hatten. Nicht einmal, als Hazrat beharrlich geschwiegen hatte. Was in gewisser Weise schon ein ziemlicher Fortschritt war.

Man gab ihm etwas zu trinken. Und später etwas zu essen.

Dann kamen die Dolmetscher und zogen einer nach dem anderen an ihm vorüber wie die Tänzerinnen in der Fernsehsendung, die ihn bis hierher geführt hatte.

Hazrat versuchte ein Lächeln. Der Kaffee bei den Polizisten war unglaublich stark, und die Beamten schienen die Dolmetscher, die herausfinden sollten, in welcher Sprache sie mit ihm reden konnten, ebenso nervös zu machen wie ihn.

Es wurde Abend, als der diensthabende Beamte einen weiteren Mann zu Hazrat hineinließ und sagte: »Er gehört ganz Ihnen, Herr Dolmetscher.«

»Ich bin kein Dolmetscher, sondern Kulturmittler«, erwiderte der andere sehr ernst. »Ich arbeite für ein soziales Hilfsprogramm. Das ist etwas ganz anderes.«

Natürlich hatte Hazrat kein Wort von dem verstanden, aber dieser schmale Mann mit dem schwarzen Schnurrbart war ihm sofort sympathisch. Er schien so gelassen zu sein und hatte sich dennoch mit einem einzigen Satz Respekt bei dem Beamten verschafft.

Und diesen Respekt begriff Hazrat genau.

Dann wandte sich der Mann endlich an ihn und fragte: »Wie heißt du? Wie alt bist du? Woher kommst du?«

Das hatte er in Farsi gesagt. Und Hazrat gab sich einen Ruck.

»Ich bin zweiundzwanzig«, antwortete er.

Der Polizist, der dabeigeblieben war, zuckte überrascht zusammen.

»Das stimmt nicht«, sagte der Kulturmittler. »Man sieht genau, dass du noch minderjährig bist. Wie heißt du? Dem Akzent nach scheinst du kein Iraner zu sein. Woher kommst du? Welche Sprache sprichst du?«

Hazrat verfiel wieder in Schweigen. In Griechenland hatte man ihn gewarnt, dass Italien alle illegalen Einwanderer zurückschickte. Wenn er jedoch nicht preisgab, woher er kam, würde man ihn nicht zurückschicken können.

»Wie alt bist du?«, fragte der Kulturmittler noch einmal.

»Zweiundzwanzig«, antwortete Hazrat wieder.

»Das stimmt nicht. Woher kommst du?«

Schweigen.

»Wie heißt du?«

Schweigen.

»Woher kommst du?«

Schweigen.

Der Mann seufzte. Und stützte den Kopf in die Hände.

»Hör mal«, sagte er schließlich. »Ich kann dir vielleicht helfen. Es gibt Organisationen, die helfen Minderjährigen, die nach Italien kommen. Hier in Ancona gibt es ein Aufnahmeprogramm für Kinder und Jugendliche wie dich. Hast du das verstanden?«

Hazrat begriff nicht genau, was Aufnahme bedeutete. Wer hatte ihn denn jemals aufgenommen?

»Das heißt, wenn du jünger als achtzehn bist, gibt es hier Leute, die dir helfen können.«

Schweigen.

»Doch um dir helfen zu können, brauche ich zuerst mal deinen Namen. Wie heißt du?«

Schweigen.

Der Kulturmittler versuchte ein Lächeln. »Also. Ich heiße Nazhend Behbudi. Ich komme aus Afghanistan. Lass uns eine Abmachung treffen. Wenn du mir nicht deinen richtigen Namen sagen willst, macht das nichts. Lass dir einen Namen einfallen, irgendeinen Fantasienamen. Ich brauche nur etwas, das ich in die Unterlagen schreiben kann und damit ich dich nicht ›He, du‹ oder so rufen muss. Sag mir den erstbesten Namen, der dir einfällt. Okay?«

Da lächelte Hazrat. Denn er stellte fest, dass sein Name ihm gefiel. Auch wenn Pawam Bar Kuol ihm den gegeben hatte und er mit Afghanistan, Schlägen, Angst und Flucht verbunden war.

»Ich heiße Hazrat«, sagte er ganz leise. »Hazrat.«

»Oh, sehr gut«, sagte der Kulturmittler beifällig. »Und hast du auch einen Nachnamen, Hazrat?«

Seinen Nachnamen hatte Hazrat jedoch nie erfahren.

Er dachte nach, versuchte sich an ihn zu erinnern, aber dann sagte er sich, dass es die Mühe vielleicht nicht wert war.

Vielleicht konnte er für sich einen Nachnamen erfinden.

»Safari«, sagte er dann. »Das heißt ›Reisender‹.«

»Ich weiß, was es heißt. Hazrat Safari. Ein wunderschöner Name. Und woher kommst du, Hazrat? Wenn du Reisender heißt, musst du doch schon eine ziemliche Strecke zurückgelegt haben …«

Hazrat schwieg wieder.

Darauf sagte Nazhend lächelnd: »Das ist nicht wichtig. Wir haben Zeit. Du wirst mir deine Geschichte schon irgendwann in Ruhe erzählen, das hat keine Eile.«

Dann wandte sich dieser gelassen wirkende Mann an den Polizisten und sagte zu ihm: »Informieren Sie Ihre Vorgesetzten. Dieser Junge bleibt in Italien.«

»Sind Sie sicher?«, fragte der Beamte.

»Ja«, antwortete Nazhend. »Er ist minderjährig und muss, wie ein großer Teil der Flüchtlinge, die hier an Land gehen, aus Afghanistan kommen wie ich. Er spricht nämlich Dari. Wir werden uns um ihn kümmern.«

»Ihr von *Save the Children*?«, fragte der Beamte.

»Genau, wir von *Save the Children*«, erwiderte der Mann.

Hazrat sah ihn an. Er meinte, das letzte Wort verstanden zu haben. Das war die Sprache der Cowboys und es hieß »Kind«.

»Ich bin kein Kind«, sagte er wie schon so oft.

»Natürlich bist du eins«, antwortete ihm Nazhend. »Und das ist ein großes Glück für dich.«

41

Meine Dokumente

LANGSAM. Ganz langsam. Immer nur ein kleines Stück auf einmal. Immer einen Schritt nach dem anderen. Es war, als würde man eine Handvoll Krümel nehmen und versuchen, daraus wieder den Brotlaib zusammenzufügen, zu dem sie einmal gehört hatten. Als würde man einen Sack mit Sand füllen, um ihn dann zu dem Fels zusammenzufügen, der er einmal gewesen war. Mit Geschichten muss man sorgfältig umgehen, und so ehrlich man sie auch zu erzählen versucht, es entgeht einem immer etwas, man läuft Gefahr, die falschen Worte zu benutzen, vor allem wenn es für etwas keine Worte gibt. Und sie machen einem richtig Angst. Die Geschichten existieren. Auch wenn man nicht über alles eine Geschichte schreiben kann. Aber Geschichten hatte Hazrat mehr als genug. Manche Dinge wollte er nicht erzählen, weil sie ihm immer noch

Angst einjagten. Andere, weil er sich dafür schämte. Manche Dinge dagegen versuchte er stets auf die gleiche Weise zu erzählen, als hätte er sie erfunden, weil er glaubte, dass sie ihm eines Tages nützlich sein könnten.

In den neun Monaten, die er brauchte, um Nazhend und den Leuten von *Save the Children* seine Geschichte zu erzählen, lernte Hazrat allmählich, Vertrauen zu fassen. Ein wenig. Nach und nach, ganz allmählich.

»Mein Vater hieß Pawam Bar Kuol«, sagte Hazrat eines Tages plötzlich. Und dann: »Er hatte nur ein einziges Paar Schuhe und außerdem zehn Töchter, die er seine ›Ärgernisse‹ nannte …«

Und dann erzählte er nach und nach den Rest. Er erzählte von seiner Familie, von der Mücke, die ihn ins Gesicht gestochen hatte, und von seiner Spielzeugpistole, die eigentlich eine echte Pistole gewesen war. Von seiner Flucht in den Iran und wie er vom Iran nach Europa gelangt war. Aber erst ganz zum Schluss brachte er es über sich, von seinem Bruder Karim zu erzählen, von der Magie des Imam, und was passiert war, als die Magie sie gefunden hatte. Und am Ende der Geschichte weinte Hazrat und Nazhend weinte mit ihm.

Langsam, ganz langsam, immer eins nach dem anderen.

Dann, neun Monate nachdem Hazrat nach Ancona

gekommen war, sagte Nazhend einmal: »Du hast mir noch nicht alles erzählt, oder?«

Hazrat schwieg.

»Was ist dir in Pakistan passiert?«, fragte Nazhend nach. »Was haben sie dort von dir verlangt?«

Er wollte etwas über die Madrasa wissen, aber Hazrat schüttelte nur stumm den Kopf. Denn es gibt Wunden, deren Schmerz du mit anderen teilen kannst, doch manche muss man für sich behalten, verbergen. Und verborgen müssen sie bleiben.

»Aber ich habe es nicht getan«, sagte er einfach.

»Und was hast du stattdessen getan?«

Hazrat grinste. »Ich habe ferngesehen.«

Und Nazhend begriff.

Er füllte für Hazrat eine Menge Formulare aus, begleitete ihn zu einer Kommission und diese entschied, dass Hazrat den Status eines politischen Flüchtlings genoss, der vor den Grauen geflohen war, und dass er deshalb in Italien bleiben durfte. Er würde Ausweispapiere bekommen, und zwar vollkommen legale. Wenn er die hatte, durfte ihn keiner mehr wegschicken, verhaften oder zur Flucht zwingen.

Als man ihm das erklärte, weinte Hazrat noch einmal, zum dritten Mal, seit er in Italien war. Aus ihm, der vorher noch niemals geweint hatte, sprudelten die Tränen heftiger hervor als aus den Fontänen des Brunnens in Isfahan.

Nun mussten sie nur noch eins wissen.

»Was denn?«, fragte Hazrat und zuckte zusammen.

»Wir brauchen dein Geburtsdatum. Wann bist du geboren?«, fragte der Angestellte der Behörde.

Hazrat überlegte. »Ich muss … etwa sechzehn sein«, antwortete er.

»Geburtstag und -monat?«

Das wusste Hazrat nicht. Er erinnerte sich nicht daran und niemand hatte es ihm je gesagt.

»Na gut«, seufzte der Angestellte. »Denk dir einen Geburtstag aus. Wähle ein Datum und ich schreib es hier rein.«

»Ist das wichtig?«, fragte Hazrat.

»Wenn du das meinst, ist es wichtig. Jetzt such dir bitte ein Datum aus …«

Hazrat dachte nach. Und er überlegte sehr genau, weil man ja nicht oft entscheiden kann, wann man geboren wurde. Wenn er die Entscheidung einmal getroffen hatte und sie in seinen Papieren stand, würde sie endgültig sein. Mehr noch als sein Name, dachte er. Mehr als sein Vor- und Nachname.

»Das ist nicht richtig«, sagte er schließlich.

»Was soll nicht richtig sein?«, fragte der Angestellte.

»Niemand sollte entscheiden müssen, an welchem Tag er geboren ist. Man kommt doch zufällig an irgendeinem Tag auf die Welt. Das ist genauso Zufall wie das Leben an sich. Das kann man nicht frei wählen. Ich kann mir das nicht ausdenken.«

Der Angestellte seufzte noch einmal. »Dann entscheide ich für dich. Einverstanden?«

»Das kann niemand entscheiden. Das muss der Zufall entscheiden«, beharrte Hazrat.

»Dann lasse ich eben den Zufall für dich entscheiden. Einverstanden?«

Hazrat schwieg.

»Komm schon, wir haben hier nicht den ganzen Tag Zeit«, sagte der Angestellte. »Einverstanden?«

Hazrat nickte langsam.

Der Angestellte nahm einen dicken Organizer und blätterte ihn bis zu der Seite mit dem Jahreskalender durch. Er nahm einen Bleistift und ließ ihn über der Seite schweben.

»Nein«, protestierte Hazrat. »Sie müssen sich die Augen verbinden. Sonst gilt es nicht.«

»Also wirklich, Junge«, sagte der Angestellte amüsiert. »Ich habe keine Augenbinde!«

»Aber dann gilt es nicht!«, rief Hazrat empört.

Der Angestellte legte sich eine Hand vor die Augen und sagte: »Das muss reichen. Einverstanden?«

Hazrat nickte.

Mit angehaltenem Atem verfolgte er, wie der Bleistift über die Seite voller Zahlen ging. Januar, Februar, März, April. Sechs, sieben, acht, neun, zehn. Juni, Juli.

Einundzwanzig, zweiundzwanzig. November, Dezember. Januar. Sieben. Neun. Fünf. Treffer!

Der Bleistift senkte sich auf die Kalenderseite und hinterließ einen grauen Punkt bei einer Zahl.

Hazrat sah hin und lächelte.

Ein ungerader Tag.

42

Fußball

Das Land, in dem die Menschen tanzten, war ganz anders als die Welt, die Hazrat bis dahin kennengelernt hatte. Zum Beispiel das Essen: Es gab seltsame, leicht bedrohlich wirkende Gerichte, die »Pizza«, »Spaghetti all'arrabbiata«, »Lasagne« und »Tiramisù« hießen.

»Komm, greif zu!«, forderte man Hazrat auf und lächelte zufrieden. »Italien ist das Land, wo man das beste Essen auf der Welt bekommt, wusstest du das? Na, jetzt weißt du es.«

Hazrat hatte sein ganzes Leben Hunger gehabt, und zwar unabhängig davon, was er in den Magen bekam. Dieser Hunger war alt und unersättlich, wie der der Statuen, die sich von den Menschen anbeten ließen. Er hatte immer geglaubt, dass dieser Hunger sich niemals stillen ließe. Doch diese Überzeugung zerbröckelte mit der Zeit.

»Ist das nicht das beste Essen auf der Welt?«

Es war gut, sogar sehr gut und ganz bestimmt besser als das meiste, was er in dem Teil der Welt gegessen hatte, den er kannte. Aber es war auch irgendwie *seltsam*. Hazrats Magen grummelte oft und manchmal hielt ihn das die ganze Nacht wach. Essen hatte etwas mit der Nacht zu tun. Und mit den Erinnerungen. Und so gut diese Pizza auch riechen mochte, sie hätte es nie mit dem Schmorfleisch in den hintersten Gasthäusern von Mazar-i-Sharif oder mit den kleinen Fischen aufnehmen können, die seine Mutter Kimkha im See angelte und dann in der Pfanne briet, in der großen aus Gusseisen, die so schwarz wie Ruß war. Seit Hazrat in Italien war, hatte er nicht einen Tag gearbeitet. Das lag nicht an ihm – er durfte nicht, weil er noch minderjährig war. Und weil er in Italien nicht einmal allein leben durfte, so wie er und Niaz es im Iran getan hatten, blieb er zunächst in einem Wohnheim in Ancona, und als er seine Ausweispapiere hatte, sagte man ihm, dass er in ein anderes Wohnheim nach Bari kommen würde.

»Hört mal, ich schaffe das auch allein«, beharrte Hazrat mit den wenigen Worten Italienisch, in denen er sich allmählich ausdrücken konnte. »Ich lebe allein, seit ich zwölf bin. Ich kann eine Arbeit finden. Ich kann …«

»Das kannst du nicht. Du bist erst sechzehn«,

wandte Nazhend ein. »Du wirst mindestens zwei Jahre in einem Wohnheim bleiben und während der Zeit darfst du nicht arbeiten. Danach kannst du tun und lassen, was du willst. Zwei Jahre sind so schnell um.«

Wirklich?

Dieses Italien war wirklich eine andere Welt. Hazrat war die Zeit in der Ziegelsteinfabrik endlos lang vorgekommen und die in der Koranschule noch länger. Und die Zeit war vollkommen stehen geblieben, als er, so schnell er konnte, durch das Mondtal gerannt war. Manchmal war Hazrat sicher, er wäre noch dort und würde immer weiterrennen.

»Kommst du mit?«, fragte er Nazhend.

»Ich bringe dich nach Bari«, erwiderte der. »Dann heißt es für uns Abschied nehmen, aber früher oder später werden wir uns bestimmt wiedersehen.«

Hazrat glaubte jedoch nicht an Versprechen. Und er hatte gelernt, denen zu misstrauen, die sie machten. Dennoch stieg er mit Nazhend in einen ächzenden Zug, der direkt am Meer entlangfuhr, sah zwei große weiße Häuser direkt am Strand und ließ sich unterwegs von seinem Begleiter die Namen aller Städte nennen. Die Reise dauerte Stunden, bis sie endlich in den Bahnhof von Bari einliefen. Dort verabschiedeten sie sich voneinander.

»Wir sehen uns bald«, sagte Nazhend.

»Wenn Gott will«, antwortete Hazrat.

Ein wenig misstrauisch folgte er dann einer sehr netten Dame, die einen winzigen, ziemlich staubigen Wagen fuhr.

»Du wirst hungrig sein«, sagte sie zu Hazrat. »Sobald wir da sind, werde ich dir etwas zu essen bringen lassen. Hast du schon mal Reis mit Kartoffeln und Miesmuscheln gegessen?«

Hazrat schüttelte den Kopf.

»Das ist das beste Gericht auf der ganzen Welt, glaub mir«, sagte die Dame überzeugt.

Daraufhin musste Hazrat laut lachen, ohne dass er genau wusste, warum. Er begriff, dass die Überzeugung, man habe das beste Essen auf der ganzen Welt, zur italienischen Mentalität gehörte.

Das Wohnheim war ein großes weißes Haus mit einem Flachdach und lag am Stadtrand. So kam es ihm jedenfalls vor. Vorher waren sie am modernen Fußballstadion vorbeigekommen, das für ihn aussah wie ein Raumschiff, und er hatte den weißen Turm einer Kirche gesehen.

»Das ist San Nicola«, erklärte ihm die Dame. »Die Kirche ist dem Heiligen Nikolaus geweiht, dem Schutzpatron der Kinder. Er stammt aus der Türkei.«

»Und hat er viel geraucht?«, fragte Hazrat in Erinnerung an den Raucher.

Als sie vor dem Wohnheim parkten, sah er, wie dort

ein Haufen Jugendlicher auf einem kahlen Rasen einem Ball hinterherlief. Hazrat starrte sie fasziniert an.

»Was machen die da?«, fragte er.

»Die spielen Fußball«, antwortete ihm die freundliche Dame. »Hast du noch nie Fußball gespielt, Hazrat?«

»Nein, ich glaube nicht.«

Der Volkssport in Afghanistan hieß *buskaschi*, ein ziemlich brutales Spiel, in dem man auf Pferden um den Leib einer Ziege kämpfte, der vorher der Kopf abgeschlagen worden war. Das war ein sehr wilder Sport. Und nur für Erwachsene.

Hazrat blieb stehen und war so in den Anblick der Fußball spielenden Jungen versunken, dass er beinahe vergaß, seinen kleinen Koffer aus dem Auto zu holen. Einige von ihnen hatten asiatische Züge, andere dunkle Haut. Sie schrien laut und rannten, aber vor allem schienen sie glücklich zu sein.

»Aber ... aber ...«, stammelte Hazrat auf einmal und zeigte auf eine zierliche Gestalt, die in der Mitte des Feldes lief. »Aber das da ... ist ein Mädchen!«

Die Dame lachte laut. »Sicher«, sagte sie. »Ganz bestimmt ist das ein Mädchen. Und soweit ich gehört habe ... spielt sie sogar sehr gut.«

Hazrat konnte es nicht fassen. Aber dann dachte er, wenn im Iran eine Frau Arzt sein konnte, konnte in Italien vielleicht auch ein Mädchen Fußball spielen.

»Möchtest du gern mal spielen?«, fragte ihn die Frau aus dem Wohnheim.

»Spielen?«, fragte Hazrat zurück.

Das konnte wirklich etwas sein, das ihm schwerfallen würde.

43

Die Schule der Italiener

DIE KLEINE FUSSBALLERIN hieß Alaleh, was in ihrer Sprache »Blume« bedeutete. Sie kam aus dem Iran, war ein Jahr älter als er und hatte eine auffallende Narbe auf der Nase. Hazrat hatte inzwischen zu viel über die Welt gelernt, aus der sie kam, als dass er sie fragen musste, woher sie die hatte. Und er hatte zu viel Achtung vor Geheimnissen, Geschichten und Narben, um es wirklich wissen zu wollen. Alaleh lebte schon seit zwei Jahren im Wohnheim und sie lachte immer. Sie redete ganz schnell in Farsi, das sie mit den schillerndsten Wörtern aus dem Dialekt von Bari vermischte.

»Stell dich schon mal drauf ein«, sagte sie irgendwann zu ihm. »In einer Woche geht die Schule wieder los.«

»Welche Schule?«, fragte Hazrat.

»Die Mittelschule. Und man hat mir gesagt, dass du auch hingehst.«

»Auf keinen Fall«, sagte Hazrat.

Er hatte inzwischen genug von Schulen. Die brachten nur Probleme. Entweder wird man geschlagen, weil man da hinwill, oder man wird geschlagen, weil man da hingeht. Und im schlimmsten Fall wird man auch dort geschlagen, solange man da ist.

»Diese Schule ist ganz anders«, erklärte ihm Alaleh und kickte ihm den Ball zu. »Erstens schlägt dich dort niemand. Außerdem macht sie Spaß. Da gibt es einen Raum mit drei Computern. Manchmal kommt auch Paolo mit seinen Marionetten zu uns. Und wir haben eine Bibliothek voll mit Büchern, du kannst dir nehmen, so viele du willst, du musst sie nur wieder zurückbringen.«

»Und wenn ich das nicht mache?«

»Dann darfst du dir keine mehr nehmen.«

»Na, wenn ich die behalte, die ich schon genommen habe, werden die mir für mein ganzes Leben ausreichen.«

»Sag das nicht so einfach. Bücher kann man nie genug haben.«

»Weißt du, was ich dann werden will, wenn ich groß bin?«

»Nein.«

»Schriftsteller.«

Alaleh prustete los. »Warum das denn?«

»Weil mir Dinge gefallen, von denen man nie genug haben kann.«

Das Mädchen sah ihn forschend an und versuchte, den verborgenen Sinn seiner Worte zu erkennen. »Na, dann musst du wohl doch nächste Woche mit uns zur Schule gehen, fürchte ich.«

»Vergiss es!«, sagte Hazrat.

Am ersten Schultag unterzogen sie ihn einem kleinen Test, und da Hazrat gerade mal lesen und schreiben konnte, steckten sie ihn in eine Klasse mit viel jüngeren Kindern. Die waren zwar klein, aber was die schon alles wussten! Die Lehrer unterrichteten in Italienisch, sie sprachen sehr schnell und manchmal sehr laut und er musste sich höllisch konzentrieren, um irgendetwas zu verstehen. Ja, Alaleh hatte recht: Man konnte nie genug zuhören. Verstehen auch nicht. Man konnte nie genug wissen.

Aber das war nicht wichtig, beschloss Hazrat für sich. Er hatte in der Ziegelsteinbrennerei überlebt, auf den Pistazienfeldern, in der Düngerfabrik. Er würde es auch diesmal schaffen. Er schloss langsam die Augen und öffnete sie wieder.

»Nur Mut«, sagte er sich auf Italienisch.

Als er an diesem Tag erschöpft in das Wohnheim zurückkam, entdeckte er, dass die Köchin aus einer

Laune heraus und zur allgemeinen Überraschung für alle frittierte Polenta gemacht hatte, die es sonst nur zum Fest des Schutzheiligen gab.

»Sind das nicht die allerbesten *frittelle* auf der ganzen Welt?«, fragte Alaleh und biss genussvoll hinein.

In Hazrats Kopf wirbelte alles durcheinander vor Erschöpfung und diesmal lachte er nicht.

Das, was ihm heute passiert war, war wirklich das Allerbeste auf der Welt.

44

Ein Brief aus den Bergen

HAZRAT WURDE siebzehn Jahre alt und Alaleh achtzehn. Da sie jetzt volljährig war, würde sie das Wohnheim in Bari verlassen.

»Was wirst du jetzt machen?«, fragte Hazrat, während er ihr beim Packen half.

»Das weiß ich noch nicht«, antwortete sie. »Ich könnte mir einen Job suchen und eine eigene Wohnung. Oder ich könnte den Antrag stellen, in ein Wohnheim für Erwachsene zu kommen. Dort könnte ich weiter lernen. Vielleicht sogar studieren. Oder ich könnte Italien verlassen und in ein anderes europäisches Land gehen. Ich weiß es noch nicht.«

Hazrat seufzte.

»Warum seufzst du?«

»Ach, nichts.«

»Safari?«

»Wirst du also auch verschwinden?«

Alaleh lächelte ihn beruhigend an, als wäre er noch ein kleiner Junge, und sagte: »Ich verschwinde doch nicht einfach, ich werde dir Mails schreiben. Wir bleiben in Kontakt.«

Mails? Und was sollte er mit diesen Mails anfangen?

Hazrat fühlte sich durch Alalehs Worte verletzt. Sogar schon fast beleidigt. Sie verließ jetzt das Wohnheim in Bari und verschwand einfach wie ein Windhauch in den Schluchten der Berge, wie eine Karawane nach einem Sandsturm. Zumindest kam es Hazrat so vor, während er auf dem Fußballfeld dem Ball nachjagte.

Ein Jahr verging, und auch wenn er noch immer nicht richtig gut Fußball spielen konnte, lernte er doch, die Angreifer eng zu decken. Wenn er nicht spielte, sah er fern und pries jedes Mal stumm diesen Plastikkasten mit seinen vielen Programmen, mit den Tänzerinnen, den miesen Comedians und den immer gleichen Nachrichten. Er begriff nicht, warum die Italiener immer so schlecht über das Fernsehen redeten und dann doch den ganzen Tag die Glotze anhatten. Hazrat ging weiter zur Schule, sein Italienisch verbesserte sich und er lernte auch, einen Computer zu bedienen.

Das war also eine Mail.

Er suchte bei Google nach Alaleh.

Und obwohl es hieß, Google würde alles finden, fand er sie nicht.

Kurz vor seinem achtzehnten Geburtstag bekam er einen Brief. Einen richtigen Brief in einem zerknitterten Umschlag, auf den jemand mit einem lila Kugelschreiber seinen Namen und die Adresse geschrieben hatte. Er öffnete ihn mit Herzklopfen.

Der Brief war von Alaleh.

Sie war nach Turin gegangen. »Es ist wunderschön hier: Es gibt Berge und hier leben sehr viele Leute aus Afghanistan. Vielleicht könntest du auch hierherkommen.«

Berge, dachte Hazrat, und ihm wurde ganz schwindelig.

Und viele Leute aus Afghanistan.

Aber hier in Italien.

»Kennst du Turin?«, fragte er an dem Abend einen Freund.

»Ja.«

»Und was gibt es in Turin?«

»In Turin? Da gibt es die beste Schokolade auf der ganzen Welt.«

45

Kebab Kabul

UND NICHT nur Schokolade.

In Turin gab es jede Menge Bäume, sie bildeten einer hinter dem anderen gewaltige Alleen, die sich bis zum Horizont zogen. Und es gab riesige Plätze und hohe Häuser, streng aufgereiht wie Grenzsoldaten. Es gab Bars mit glänzenden Schaufenstern und Theken aus dunklem Holz. Kronleuchter und Kaffee mit aufgeschäumter Milch und ein bisschen Schokolade, die dort *marocchini* – Marokkaner – hießen.

Aber Alaleh war nicht mehr da. Hazrats Freundin hatte sich mit einem Italiener verlobt und war nach Schottland gezogen, wo er eine Arbeit gefunden hatte. Der Nachricht, die sie für ihn hinterlassen hatte, entnahm er, dass sie sich freute, in ein Land zu gehen, in dem es fast jeden Tag regnete. So etwas kannte sie nicht, und sie dachte, dass es unterhaltsam werden könnte.

Als würde man jedes Mal duschen, wenn man aus dem Haus kam.

Hazrat saß im Haus der Begegnung des Viertels San Salvario. Er hatte ein Glas Leitungswasser in der Hand und um ihn herum hatten sich ein paar Freunde versammelt. Zwei Afghanen und zwei junge Türken, die aus der Stadt Van stammten, durch die Hazrat auch auf seinem Weg nach Europa gekommen war. Sie unterhielten sich angeregt über einen Plan.

Nämlich den, ein Geschäft zu eröffnen.

»Was für eine Art von Geschäft?«, fragte Hazrat neugierig.

»Ein Kebab-Restaurant«, bekam er zur Antwort. »Ich habe bereits ein Lokal gefunden, es ist klein, aber zentral gelegen, in der Nähe des Bahnhofs.«

»Ja, genau. Direkt hinter den Kolonnaden. Es wird dir gefallen.«

Hazrat schaute sie nachdenklich an.

»Wir werden die besten Kebabs von ganz Turin machen, mit der scharfen Soße nach dem Rezept meiner Großmutter.«

»Das wird der beste Kebab der Welt.«

Er lächelte. Natürlich.

»Willst du bei uns mithelfen?«

»Dann braucht ihr bestimmt noch einen von uns …«, ging einer der Jungs aus Van dazwischen. »Kebab ist die berühmteste türkische Spezialität!«

Hazrat lachte. »Also, eigentlich ist Kebab ja afghanisch«, erklärte er.

Die Afghanen johlten, doch die Türken schüttelten den Kopf.

»Kebab ist eindeutig türkisch, so steht es auch in Wikipedia! Schaut doch selbst, wenn ihr uns nicht glaubt!«

Er zeigte ihnen sein Handy, doch Hazrat warf nicht einmal einen Blick darauf. Er kannte Wikipedia nicht und es interessierte ihn auch nicht. Denn er wusste ganz genau, dass Kebab aus Afghanistan kam, und das genügte ihm.

»Wie klein ist denn das Lokal?«, fragte er.

»So groß wie der Kofferraum eines Autos!«, antworteten sie ihm.

Hazrat schloss die Augen. Er sah die Berge wieder vor sich, seine Berge. Und die große alte Limousine. In der Dunkelheit hinter seinen geschlossenen Augen hörte sich das Gelächter der anderen Jungs an wie das der Männer, die mit ihm zusammen nach Pakistan gereist waren. Und vor Pakistan zu der dunklen Hauptstadt seines Landes.

»Habt ihr euch schon einen Namen ausgedacht?«, fragte jemand.

Die Afghanen nannten lachend eine ganze Reihe von Wörtern. Die Türken schrieben sie auf eine Serviette. Jeder Name hatte Vor- und Nachteile. Einige klangen gut in ihrer Landessprache, waren aber für Italiener unverständlich.

Bis schließlich einer von ihnen, vielleicht sogar Hazrat selbst, sagte: »*Kebab Kabul*«.

46

Die Könige der Stadt

EIN RESTAURANT in Afghanistan zu eröffnen war ziemlich einfach. Man brauchte bloß einen leeren Raum zu finden, ein paar Tische und Stühle hineinzustellen und dann den Menschen etwas zu essen zu servieren.

Ein Restaurant in Italien zu eröffnen war weitaus schwieriger. Es gab Genehmigungsanträge, die man ausfüllen, und Anfragen, die man aufsetzen musste. Dann gab es seltsame Dinge, die »Bankbürgschaften« hießen und auf denen die Banken bestanden, als wären es mittelalterliche Rituale. Und dann waren da noch der Mietvertrag, das Ladenschild und die Nachbarn.

Als Erstes protestierten die Hausbewohner. Und das nicht nur, weil Kebabbuden nach Frittierfett und gegrilltem Fleisch rochen, sondern vor allem wegen des Namens. Jeder wusste doch, dass Kabul die Hauptstadt der Terroristen war. Von denen, die Attentate verübten. Den Grauen.

Als sie ihm das sagten, lächelte Hazrat und schüttelte den Kopf. Dann wurde er traurig, erinnerte sich und wurde noch trauriger. Wenn er doch nur einen Weg finden könnte, den Menschen zu erklären, wie sehr sich die Grauen von all den anderen Afghanen unterschieden. Man durfte die Grauen nicht mit ihren eigenen Waffen – Hass und Misstrauen – bekämpfen. Man bricht keinen Stein mit einem anderen Stein. Stein wird nur durch Wasser gebrochen. Und durch den Wind. Vielleicht dauert es etwas länger, aber so wird er für immer zerstört.

»In unser Restaurant wird keiner kommen«, sagte eines Tages einer der Jungs niedergeschlagen. »Man hat schon bei der Stadt einen Antrag gestellt, uns zu kündigen.«

»Das können sie nicht tun. Gebt jetzt nicht auf«, erwiderte Hazrat. »Ihr werdet das machen, was ihr immer machen wolltet: den besten Kebab der Stadt, einen köstlichen afghanischen Kebab. Und die Studenten werden scharenweise kommen, um hier zu essen.«

»Einen köstlichen türkischen Kebab meinst du wohl!«, riefen die anderen Jungs lachend.

Sie halfen sich gegenseitig. Und lernten, dass die ganzen Dokumente bloß ein vorgeblicher Papierdschungel waren. Man musste es so machen, wie man es schon immer gemacht hatte: Leute kennenlernen, die andere Leute kannten, die wiederum andere kannten, und auf die eine oder andere Art und Weise waren auf einmal die Genehmigungen da, die Proteste kamen zum Erliegen, und eines Abends öffnete das *Kebab Kabul* seine Pforten.

Die Straße war menschenleer.

Aber ganz allmählich breitete sich draußen der zarte Duft von Grillfleisch aus und etwas zögerlich betrat der erste Gast das Lokal. Ein Teenager mit vielen Pickeln im Gesicht. Dann ein durchgefrorenes Pärchen und schließlich die jungen Leute aus dem Haus der Begegnung. Es kamen auch Polizisten vorbei, aber Hazrat erklärte, dass heute Eröffnung war, und bot auch ihnen Kebab an.

Alle lachten.

Dann wurde es Mitternacht.

Sie schlossen das Lokal und gingen nach draußen, erst in die Straßen um den Bahnhof und von dort unter die Kolonnaden in der Via Roma und schließlich auf die Piazza Castello vor dem Palazzo Reale.

Turin glitzerte und pulsierte leise in der Nacht.

Und so, mit diesem Hauch vornehmer Zurückhaltung, die typisch für die Leute hier war, ehrte die königliche Stadt ihre neuen Mitbürger.

47

Ich

ICH HEISSE Hazrat Safari und wurde vor zwanzig Jahren in einem ebenso wunderbaren wie schrecklichen Land geboren, das schon immer mit seiner eigenen Identität zu kämpfen hatte. Ich habe Tausende Kilometer zurückgelegt, ehe ich hier ankam. Und ich bin angekommen, als ich gelernt habe zu weinen. Es ist nichts besonders Schönes oder Heldenhaftes an dem, was ich getan habe. Außer vielleicht, dass ich es getan habe. Und vielleicht ist nicht jeder Mensch dazu in der Lage. Meine Geschichte ist auch die Geschichte von vielen anderen Reisenden wie mir, von denen, die sich auf den Weg machen, weil sie dazu gezwungen werden, um ihre eigene Vorstellung von Leben zu bewahren. Für Leute wie mich ist das Reisen nichts Angenehmes, kein bloßer Nervenkitzel. Es ist ein Fluch. Eine Qual. Schmerz. Und doch bringt einem auch die schlimmste Reise auf ihre Art etwas bei. Sie sagt einem, dass es immer irgendwo eine Chance gibt. Eine Stadt, die auch nachts beleuchtet ist. Ein Gebirgspass, von dem man die Sterne sieht. Eine Grenze, die man mit einem Schal austricksen kann. Reisen zeichnen einen Menschen unwiderruflich. Ich habe immer noch Angst vor Hunden. Und vor dem Wind. Und ich will auch nicht über jede Einzelheit aus meinem Leben reden. Eigentlich will ich mich nicht einmal an alles erinnern. Ich weiß, dass auch meine schrecklichsten Erinnerungen etwas Schönes in sich tragen. Bevor ich ankam, wusste ich nichts davon, ich empfand sie nur als schrecklich. Und doch wusste ich irgendwo in meinem Inneren, dass es diese Schönheit geben musste, von der alle reden. Und dass sie sich überall verbergen konnte, selbst in einem alten Fernseher. Und so bin ich ihr gefolgt wie die Motten, die nachts vom Licht angezogen werden. Ich glaube, ich habe Nächte gesehen, wie niemand anderer in seinem ganzen Leben sie jemals sehen wird. Und ganze Welten im tödlichen Wirbel der Sandstürme. Ich habe die besten Datteln und frittierten Fische der Welt gegessen. Man hat mich geschlagen und meinen Geist vergiftet, aber trotzdem konnte man mich nicht aufhalten. Ich bin sehr viel und schnell gelaufen, um hierherzukommen. Ich weiß nicht, ob das hier die Schönheit ist, die ich so sehr gesucht habe, aber ich weiß mit Sicherheit, dass ihr diese

Schönheit überhaupt nicht bemerkt, dass ihr sie für normal haltet. Dabei ist sie etwas Besonderes. Es gab einmal eine Zeit, da saß ich mit einer Stahlflöte mitten in der Wüste und konnte sie nicht spielen. Und nun habe ich zwei davon und kann sie spielen, doch ich habe Angst, die Leute zu stören, die in den Zimmern neben mir wohnen.

Wenn ich nur einmal versuche, rückwärts zu schauen, bin ich überrascht von dem, was ich durchgemacht habe. Es ist, als wäre dies alles jemand anderem geschehen. Jemandem, der nicht Hazrat Safari war. Jemandem, der nicht ich war. Und der wahrscheinlich nicht einmal wirklich gelebt hat.

Nachwort

von Niccolò Zancan

Was mir an Hazrat Safari am meisten gefallen hat, war sein Misstrauen. Ich habe ihn zum ersten Mal im Haus der Begegnung im Viertel San Salvario getroffen, einer Art Hafen ohne Meer in der multikulturellsten Gegend von Turin. Hazrat saß allein an einem Tisch und hatte nicht einmal etwas zu trinken vor sich. Er starrte gebannt auf den flackernden Bildschirm eines uralten Notebooks. Ich bin zu ihm gegangen und habe ihn mit seinem Namen angesprochen, er hat sich ohne zu lächeln umgedreht. Ich habe seine Hand geschüttelt, und er wollte sich nicht einmal einen Kaffee ausgeben lassen. Das war Anfang Januar 2013.

Damals war ich für meine Zeitung *La Stampa* auf der Suche nach Geschichten, die von der Wirtschaftskrise erzählten. Ich verbrachte meine Abende in öffentlichen Suppenküchen und Obdachlosenasylen. Also an all den

Orten, bei denen man erst anklopft, wenn man die letzte schreckliche Schamschwelle überwunden hat, wenn einem keine andere Möglichkeit mehr bleibt. Bei meinen Recherchen kam ich auch ins Cottolengo. Dort erschien regelmäßig auf einem zerbeulten Mountainbike ein Herr mit lockigem Haar und Geheimratsecken. Er bediente erst an den anderen Tischen, ehe er sich selbst zum Essen niederließ. Das war seine Art, mit dem Ganzen klarzukommen. Mehr wie ein Kellner zu wirken als wie ein Bittsteller. Er war der Erste, der mir von Hazrat Safari erzählt hat: »Wir haben alle unsere Geschichten hinter uns, Pleiten, Scheidungen, Unglücksfälle, unverzeihliche Fehler. Wir sind Ausschussware, von der Gesellschaft ausgestoßen. Wir werden dir hier alle von unserer Angst erzählen, dass wir nicht wissen, wie wir wieder zurückfinden können, jeder wird versuchen, dich nicht merken zu lassen, wie peinlich ihm das ist. Aber ich habe einen jungen Mann kennengelernt, der anders ist als wir, er kommt auch oft hierher. Er heißt Hazrat, ist neunzehn Jahre alt und sehr mutig. In Afghanistan wollten sie aus ihm einen Selbstmordattentäter machen und er ist bis hierher davongelaufen. Er will ein Buch schreiben.«

Um Hazrat davon zu überzeugen, mir von seiner Reise zu erzählen, um einen einfachen Artikel zu schreiben, haben wir uns zehn Mal getroffen und viele SMS ausgetauscht. Er war immer skeptisch, unglaublich misstrauisch. Manchmal schrie er: »Wie kann ich dir trauen? Ich kann dabei bloß verlieren. Lassen wir's!« Er beobachtete mich. Er wog meine Worte ab. Er versuchte, mein Schweigen zu entziffern, als ob auch das nur voller böser Absichten steckte. Er erzählte mir von einem Möchtegernschriftsteller, den er vor wenigen Monaten kennengelernt hatte und der versprochen hatte, ihm zu helfen, doch nach ein paar Gesprächen hatte er sich nicht mehr blicken lassen. Hazrat hielt ihn für einen Dieb oder etwas in der Art.

Eines Nachmittags ist er dann zu mir in die Redaktion gekommen. Er hat sich sehr gefreut, als ich ihn meinen Chefredakteuren vorgestellt habe. Wir sind in ein Büro gegangen, um ungestört zu reden, und nicht einmal da hat er sich einen Kaffee anbieten lassen. Er schaltete auch nie seinen Computer an. Aber er hatte ihn in seinem Rucksack dabei, den er überallhin mitnahm und in dem er auch eine Klarsichthülle mit seinen Dokumenten aufbewahrte. Den Antrag auf politisches Asyl. Den Bericht der Psychologin. Das Gespräch mit der Kommission der Präfektur, die als Erste seine Geschichte als wahr und glaubhaft eingestuft hat. Hazrat erzählte mir jedoch etwas ganz anderes: »Gestern habe ich meinen Job als Hotelpförtner beendet, vielleicht bekomme ich eine Halbtagsstelle in einem Supermarkt. Was würdest du tun?«

Ganz entgegen dem weltweiten Trend behielt er

seine Identität und seine Geschichte für sich, beschützte beide, weil beide Respekt verdienen. Den verdienen sie natürlich immer. Aber in seinem Fall waren sie auch alles, was er besaß.

Als er schließlich den runden Knopf an seinem vorsintflutlichen Notebook drückte und der Bildschirm langsam aufleuchtete, als er mir sagte, ich solle seine Aufzeichnungen lesen, war mir klar, dass er mir traute. Wir haben drei Stunden miteinander gesprochen und dazu Leitungswasser getrunken. Er hat zugestimmt, sich an dem Tisch im Haus der Begegnung fotografieren zu lassen, wo wir uns kennengelernt haben. Hazrat Safari trug einen rot-grauen Trainingsanzug, und auf keinem der Bilder hat er es geschafft, richtig zu lächeln, sosehr er sich auch bemühte.

Knapp einen Monat später erschien am Sonntag, dem 27. Januar, der Artikel. Eine ganze Seite im hinteren Teil der Zeitung. Titel: *Hazrat, der kein Selbstmordattentäter werden wollte.* Im Verlauf der folgenden Woche bekam ich drei Anfragen von Verlagen. Sie wollten, dass ich aus diesen neunzig Zeilen eine richtige Erzählung machte. Und so wurde daraus dieses Buch. Es erzählt die Flucht eines einsamen, schüchternen und mutigen Jungen, der hartnäckig seinen Weg verfolgt hat. Man bekommt nur selten die Möglichkeit, mitzuerleben, wie ein Traum wahr wird. Aber das hier ist so ein Fall.

Dank

Die Entstehung dieses Buches verdanke ich vielen Menschen. Vor allem Andrea Gobbi, der mehr als drei Monate lang Gespräche mit Hazrat bei ihm zu Hause geführt hat. Es ist ihm gelungen, einige seiner schmerzhaftesten Erinnerungen an die Oberfläche zu bringen und von ihm auch die Erlaubnis zu erhalten, sie zu veröffentlichen. Er hat ihn auch zu seinem ersten öffentlichen Auftritt in einer Schule in Sanremo begleitet. Hazrat und Andrea sind fast gleich alt und inzwischen sind sie Freunde geworden. Davide Morosinotto war mir eine unschätzbare Hilfe dabei, diese Interviews in eine genaue Abfolge der Reisen, der vielen Fluchten und der Geheimnisse umzuwandeln, aus denen sich das Leben unseres unerschütterlichen Reisenden zusammensetzt. Wir haben – vielleicht in einem allzu großen Eingriff – die Erfahrung in der Koranschule an den Beginn seiner Flucht aus Pakistan gestellt. Und deshalb ist das, ebenso wie andere Fehler, Ungenauigkeiten und nicht einheitliche narrative Lösungen und natürlich auch die leere Seite über die Zeit, in der aus Hazrat ein zwölfjähriger Terrorist werden sollte, allein mir anzulasten. Ich möchte außerdem Alessandro Gatti und Lorenzo Rulfo danken, die mich an dem Abend in die Trattoria Alba begleitet haben, als wir Hazrat kennenlernten. Und Giulia De Biase, damals Lektorin in dem Verlag, der mich damit beauftragte, aus dem wunderbaren Artikel von Niccolò Zancan den Roman zu schreiben, den ihr jetzt in Händen haltet. Lara Gorcelli hat mir dann die Zeit gelassen, ihn zu schreiben. Ich danke auch Mattia Pavesi, der mich zum ersten Mal zum Essen ins *Kebab Kabul* begleitet hat. In diese zwei Lokale kommt Gerüchten zufolge oft auch mein Freund Fabio Geda zum Essen, der in »Im Meer schwimmen Krokodile« ein Immigrantenleben erzählt hat. Für alle anderen sind es einfach nur Restaurants, in denen man sehr gut essen kann, wenn man die Turiner oder türkische Küche mag. Oder eben die afghanische.

Fabio Geda

Im Meer schwimmen Krokodile

192 Seiten, ISBN 978-3-570-40201-6

Als Enaiat eines Morgens erwacht, ist er allein. Er hat nichts als seine Erinnerungen und die drei Versprechen, die er seiner Mutter gegeben hat. Er durchwandert die Länder des Ostens bis nach Europa, reist auf Lastwagen, arbeitet, schlägt sich durch, lernt das Leben von seiner grausamen Seite kennen. Und trotzdem entdeckt er, was Glück ist ...

Fabio Geda erzählt die wahre Geschichte von Enaiatollah Akbari in einem zu Herzen gehenden Buch: Eine Geschichte, die uns den Glauben an das Gute zurückgibt.

40278

cbj

www.cbj-verlag.de

Waldtraut Lewin

Wenn du jetzt bei mir wärst – Eine Annäherung an Anne Frank

ca. 224 Seiten, ISBN 978-3-570-17108-0

Längst ist das lebenslustige jüdische Mädchen, das sich zwei Jahre lang in der Prinsengracht zu Amsterdam vor den Nazis verstecken konnte und dort Tagebuch führte, zu einer Ikone erstarrt und geistert als Lernstoff durch die Klassenzimmer Deutschlands. Waldtraut Lewin wagt es, das Denkmal von seinem Sockel und Anne in unsere Welt zu holen, um sie besser kennenzulernen. Bei ihrer fiktiven Begegnung lässt sie Anne staunen über das, was sich in den siebzig Jahren seit ihrem Tod verändert hat. Und erzählt ihr vom Staat Israel oder vom neuen Deutschland, in dem Juden leben dürfen und Menschen gegen Rechtsradikalismus auf die Straße gehen. Zusammen wagen sie den Blick von heute auf das Gestern und das Morgen.